滄海叢刊

談詩錄

方祖燊 著

1989

東大圖書公司印行

談詩錄／方祖燊著 -- 初版 --
台北市：東大出版：三民總經銷，民78
[4],215面；21公分
附錄：方祖燊著作出版年表

1. 中國詩－歷史與批評 I. 方祖燊著
821.8/8536

© 談詩錄

作者 方祖燊
發行人 劉仲文
出版者 東大圖書股份有限公司
總經銷 三民書局股份有限公司
印刷所 東大圖書股份有限公司
地址／臺北市重慶南路一段六十一號二樓
郵撥／〇一〇七一七五－〇號
初版 中華民國七十八年六月
編號 E 84050
基本定價 叁元壹角壹分
行政院新聞局登記證局版臺業字第〇一九七號

自序

我和三民書局董事長劉振強先生認識很久了。遠在民國五十二年間，謝冰瑩教授替三民書局譯註《四書讀本》曾經邀我參加；我因為當時《古今文選》的編務忙碌，無法加入。後來，劉先生又要改編《古文觀止》，又邀請梁子美老師主持策劃，我們仍因工作過忙，未曾接受這個工作。到民國六十年，劉先生要編纂一部四百多萬字的辭典，由邱燮友兄的促成，我和內子黃麗貞都接受這個編纂工作。後來，劉先生將這部辭典，擴大成為三巨冊、六千多頁、一千六百五十萬字，另有附錄十六種的《大辭典》，歷時十四年，始告完成的煌煌巨著，可說是臺灣出版業的一大創舉，使我不能不欽佩他氣魄之恢宏，貢獻之深遠。而前後參與編纂的專家學者，有一百多人；中以邱燮友兄所費心力，最為深鉅，十四年如一日。

我個人除初期參與編務，約撰四十萬言之外；其後，就忙於個人著述創作，撰寫各種文章論著。十幾二十年來，在論著方面所作也不少，涉及語言、文學、藝術、歷史各種範圍，約數十篇；這類較專門論著，銷路不廣；去年本想彙編一集，自費印行。燮友兄說：「三民書局劉先生，也有出版這類推廣文化學術的理想計畫。」要我從論著中，挑選一部分，交由三民書局出版。我非常感謝他們二人的盛意，這樣可以免除自己出書的麻煩。我就以平日所作論詩的文字，挑選了八篇，編成一集。計有：

〈漢初的詩歌〉，論述由漢高祖至武帝初年，約莫六十六年間，漢詩發展的情況。

〈古詩十九首的分析與欣賞〉，專由詩的本身，來解說詩，分析詩，欣賞詩，徹底理解、玩索漢代古詩十九首的佳妙情思意趣。

〈古詩十九首的時代問題〉，專由考證辨釋，來探究十九首的時代背景。

〈李陵、蘇武詩的探究〉，李陵、蘇武是西漢中葉五言詩的名家；但前人有認為二人作品為後人偽託擬作。這篇卽就這個問題加以探究辨正，並賞析其作品。

〈陶淵明的生活及其作品〉，陶淵明是東晉時最偉大的田園詩人；本篇介紹他的生活與作品。

〈謝康樂評傳〉，謝靈運是宋元嘉詩壇的領袖，也是我國最有名的山水詩人。這篇論述謝靈運的家世事蹟與作品價值。

〈山水詩人謝玄暉〉謝脁是齊梁時代的著名詩人，他的五言短詩對唐朝的絕句影響極大。這裏從他的作品精工、清麗、秀逸、和諧各方面，加以論介。

〈中國詩的寫作技巧與風格〉，這篇就我國古往今來的詩人中，挑出最具代表性的：曹植、陶淵明、李白、杜甫、王維、李商隱、蘇軾、徐志摩八位，並選出一些作品作樣本，來討論他們各自的特殊寫作技巧，形成他們作品的不同風格。

戰國時代齊國人鄒衍，喜歡和人談論天事，人稱之「談天衍」；「談天」一詞，當由此而來。今人錢鍾書的著作，也有《談藝錄》的書名。我這論詩的文字，本來想稱做《論詩錄》，自覺太嚴肅了一點；稱它做《論詩方》，又怕人不懂，以為故意標新立異；所以就取名做《談詩錄》罷，既自謙又平穩，又有何不可呢！

方祖燊 於民國七十八年臺北

談詩錄　目次

漢初的詩歌

今天講的是漢初的詩歌。「漢初」到底從那一年代開始到那一年代截止呢？我們先給它一個界限。我們知道漢朝分做西漢和東漢。西漢有二百三十年，東漢有一百九十一年；兩漢共四百二十一年；以四等分來分，前一百零五年可以說是漢初。單從西漢來看，由漢高祖元年（西元前二〇六）起，經惠帝、呂后、文帝、景帝，到武帝初年（西元前一四〇），約六十六年。武帝在位很久，有五十四年。以西漢二百三十年計算，前六十多年爲漢初，若連漢武帝年代一起計算，剛好一百二十年，爲兩漢的年代的四分之一強。今天，我們講的範圍，是從整個兩漢來看，所以就漢高祖到漢武帝之間的詩歌，做一個簡單的評介。

一、漢詩的時代背景

漢高祖建立漢朝，是繼承戰爭動亂之後。蓋自周威烈王二十三年（西元前四〇三）就進入戰國紛爭的時期；至秦始皇（西元前二二一），併呑六國，統一天下後，實行暴政，獨裁專制，壓迫人民，興建萬里長城與阿房宮，焚燒文學詩書百家語，立挾書律，禁止私人藏書，坑殺諸生於咸陽，實行愚民政策，壓制人民的思想與言論，所以秦始皇一死，陳勝、吳廣就揭竿而起反抗，劉邦、項羽等紛起響應，天下又大亂。不到三年，秦朝滅亡；劉、項等爲逐鹿中原，激爭大戰了五年。項羽敗死，天下才漸安定。惟瘡痍未復，民生窮困，人人渴望安養生息，施行道家無爲的政治。惠帝四年解除挾書律。以後到文、景諸朝，減低賦稅，力謀復興農村，振興工商，經數十年努力，社會日漸繁榮，民生日漸富足。在文教方面，鼓勵民間獻書，有文化復興的氣象。武帝時國勢遂極強大，外則征戰四夷，大破匈奴，威震天下，並與南海、西域各國通商。內則鹽鐵酒由國家經營，實施均輸、平準二策，財用極爲富裕，長安、洛陽……成爲天下的名都。武帝聽從董仲舒的言論，推尊儒家，設置五經博士，獎勵文學，擴大樂府機構，派李延年爲協律都尉，創制宗廟朝廷用的樂章，徵集流行各地的民歌；於是樂府歌詩與個人抒情的詩篇都非常興盛。

二、漢初的詩體

兩漢的詩，流傳至今的尚有六百多首；漢初的詩，約一百首左右，包括帝王、貴族、文人、民間無名氏等作品。若以能不能歌唱來分，有樂府詩和古詩兩種。樂府詩，如漢高祖的〈大風歌〉、〈鴻鵠歌〉之類，都是配合音樂、舞蹈來唱的歌詩。古詩如李陵、蘇武作的五言詩，都是抒寫情思的純詩，只能吟誦不能歌唱的。從形式來說，漢初的詩一方面沿襲傳統的四言、楚歌等舊詩體，另一方面創造了三言、五言、七言和雜言等新詩體。樂府詩有楚歌體、雜言體和齊言體三種；齊言體又有三言、四言、五言、七言等四種。古詩只有齊言體一種，有四言、五言、七言。齊言體的樂府詩和古詩，在形式上有它共通的地方。現在就從楚歌體、雜言體、齊言體三類來討論漢初的詩歌吧。

三、楚歌體的作者與作品

戰國時，位在南方的江、淮一帶的楚國，產生了新的詩體《楚辭》。《楚辭》有它特殊的形式，就是在句中或句末常用「兮」字。著名詩人有屈原、宋玉；他們的作品表現楚地樂歌的情調。西楚霸王項羽和漢高祖劉邦都是生長楚地的人，用楚歌體作歌詩是頂自然的事。後來漢家帝王、貴族、士大夫作歌詩，也大都喜歡採用楚歌體。這類作品有項羽〈垓下歌〉，漢高祖〈大風歌〉，武帝的〈瓠子歌〉、〈秋風辭〉、〈西極天馬歌〉、〈落葉哀蟬曲〉，高祖子趙幽王友作歌，文帝時淮南王安〈八公操〉，武帝時烏孫公主所作歌，司馬相如〈琴歌〉二首，霍去病〈琴歌〉，李陵〈別歌〉等十三首。句子的字數，有五言、七言、八言、九言、十言；以七言最多。有整首七言的，也有混合應用的。句中「兮」字，也有改用其他虛字（而、之、於）的。他們用這種歌詩來抒情詠懷，表現的情思大都比較熱烈而直率。漢高祖五年，項羽在垓下被劉邦大軍包圍，夜裏聽到四面都是楚歌聲，以爲漢軍已盡得楚地，於是起飲帳中，對着心愛的虞姬，悲歌慷慨，作詩說：

力拔山兮氣蓋世，時不利兮騅不逝；

騅不逝兮可奈何！虞兮虞兮奈若何！

這首〈垓下歌〉就是楚歌體。歌詞把項羽的能力、個性和面對失敗的心情完全表露出來；可以體會出這位蓋世英雄的感慨；而此種體裁也非常有力地表現了項羽的氣魄和氣概。

漢高祖的〈大風歌〉也是用楚歌體寫成的。《漢書》說：高祖十二年十月，擊破英布回來，經過故鄉沛郡，置酒宮中，悉召故人父老子弟喝酒。酒酣，高祖擊筑，自作歌詩，並教兒童一百二十人和唱，說：

大風起兮雲飛揚，

威加海內兮歸故鄉；

安得猛士兮守四方！

我們知道韓信等人幫助劉邦，破趙定齊，擊敗項羽；但漢高祖卻疑忌這些人，在十一年殺害韓信、彭越；這時又擊破英布，勝利榮歸故鄉，和父兄老友，放懷暢飲，張目四顧，羣雄盡滅，天下大定，自然豪情萬丈，寫出「大風起兮雲飛揚，威加海內兮歸故鄉」。七年，漢高祖追擊韓王時，曾被冒頓單于圍困於白登七日，無法解圍。這時匈奴更加強大，想到韓信這些名將都已被誅死，一時憂國之念產生，所以結於「安得猛士兮守四方」；蒼茫寂寥，深寄感觸。由此，我們也可以深深感受到霸氣縱橫的漢高祖樂極而悲的心境。這首詩押平聲陽韻，表現豪壯情感和英雄氣概，聲極響亮。

司馬相如作客臨邛，在富豪卓王孫的堂上，演奏兩首〈琴歌〉，是綺豔的情詩，意在挑動王孫新寡的女兒卓文君。現錄一首：

鳳兮鳳兮歸故鄉，遨遊四海求其凰。時未遇兮無所將，何悟今夕兮升斯堂。有豔淑女在閨房，室邇人遐毒我腸。何緣交頸爲鴛鴦，胡頡頏兮共翱翔。

司馬相如以「鳳求凰」，「結鴛鴦」來譬況求偶結親之情；卓文君終於夜奔相如的住處，相與馳歸成都，成了流傳千古的才子佳人的愛情韻事。我們在這裏所要注意的，是其中沒有「兮」字的「七言句」，和漢代七言詩的產生，當然有些關連；也可見漢七言詩從《楚辭》形式演化而來的情形。

四、雜言體的作者與作品

雜言詩，在漢朝以前雖有而不多，似乎也是漢初樂府新興的詩體，因爲要跟樂曲配合，句子的長短自然需要變化，所以每句的字數不一，雜糅三、四、五、六、七……諸言成篇；句法的變化多，音節自然活潑，而且句中每用虛字和泛聲字。這類的作品多來自民間，常不知作者的姓名。漢初的雜言詩，現在尚能見到的有：〈薤露歌〉、〈蒿里曲〉，比較有規則；〈鐃歌〉十八曲、東方朔〈據地歌〉……多無規則，句子長短無規律可尋。

〈薤露〉、〈蒿里〉，都是挽歌。漢高祖統一天下，齊王田橫與其門下五百人逃到海島去。漢派人招降，田橫自殺。他的門下爲作哀歌，說人生命容易消失，好像薤上露；又說人死之後，魂魄都要回到蒿里。漢武帝時，李延年分爲兩支曲子，〈薤露〉送王公貴人，〈蒿里〉送士大夫庶人。不過，宋玉在〈對楚王問〉中，已提到〈薤露〉和〈陽阿〉的曲名，似乎〈薤露〉的由來已經很久了。現將這兩首歌詞，謄錄如下：

薤上露，何易晞！露晞明朝更復落；人死一去何時歸？（〈薤露歌〉，爲三、三、七、七言）

蒿里誰家地？聚斂魂魄無賢愚。鬼伯一何相催促？人命不得少踟躕！（〈蒿里曲〉，爲五、七、七、七言）

〈鐃歌〉十八曲，據孟康、陳本禮、莊述祖、陳沆、王先謙……等人的考證，認爲其中的〈思悲翁〉、〈戰城南〉，爲漢高祖時的作品；〈芳樹〉爲景帝時的作品；〈朱鷺〉、〈艾如張〉、〈上之回〉、〈翁離〉、〈將進酒〉、〈有所思〉、〈雉子班〉、〈聖人出〉、〈臨高臺〉爲武帝時的作品。內容有寫戰爭慘烈，有刺田獵、宮殿、禽荒，有歌功，有祝壽，有思歸故鄉，有去國傷懷，有覽物興懷，有侈陳神仙，有飲酒樂歌，有言情決絕，有矢誓愛情……。有殿堂、軍旅、民間的作者，而其姓名大都無法考知。文字質樸古勁，惟多訛誤，所以有許多地方已不易完全瞭解。現在舉兩三首含意清楚明白的作品：

> 戰城南，死郭北，野死不葬烏可食。爲我謂烏：且爲客豪！野死諒不葬，腐肉安能去子逃？水深激激，蒲葦冥冥，梟騎戰鬪死，駑馬裴回鳴。梁築室，何以南？何以北？禾黍不獲君何食？願爲忠臣安可得？思子良臣，良臣誠可思！朝行出攻，暮不夜歸！（〈戰城南〉，篇中雜用三、四、五、七等言）

通鑑：漢高帝二年四月，項羽在彭城大破漢軍。漢兵入穀水、泗水，死了十幾萬人；又往南走；楚軍追擊，漢兵十幾萬人被擠進睢水，水爲之阻塞不流。睢水在彭城南，泗水過彭城北。王先謙認爲〈戰城南〉，即歌此一戰役。軍士作歌，描述戰敗彭城的情形，城南郭北，戰死二十餘萬人。梟騎戰死，駑馬悲鳴，遍野腐屍，烏啄獸食。暴露了戰爭的慘烈情況。又如：

> 上邪，我欲與君相知，長命無絕衰！山無陵，江水爲竭，冬雷震震夏雨雪，天地合，乃敢與君絕！（〈上邪〉，雜用二、三、四、五、六、七等言）

這是愛情的誓言，情直意婉而堅定。陳沆以爲「忠臣被讒自誓之詞」；王先謙以爲賈誼南貶爲長沙王太傅時所作。二說皆未可信。又如：

> 有所思，乃在大海南。何用問遺君？雙珠玳瑁簪，用玉紹繚之。聞君有他心，拉雜摧燒之。摧燒之，當風揚其灰。從今已往，勿復相思；相思與君絕，鷄鳴犬吠，兄嫂當知之。妃呼豨，秋風肅肅晨風颸，東方須臾高知之！（〈有所思〉，雜用三、四、五、七等言）

這首似爲女人跟男人決絕言情的作品。王先謙以爲漢武帝遣兵擊南粤，其城垂破，軍士將振旅凱旋而作歌。其說未必合理。詩中「妃呼豨」爲泛聲字：「乃」、「在」、「之」、「其」、「已」之類都是虛字。虛字，在雜言詩中，用得多而普遍；這是漢五言、七言古詩所無，或避免用的。

五、齊言體的作者與作品

我國的詩，在《詩經》時代是以四言爲主體，中間偶而混雜一兩句三言、五言、六言、七言之類的句子；這類句子，到漢朝發展成專篇，成爲新詩體，於是在漢初古詩中，有四言、五言、七言各體；樂府中也有了三言、四言、五言、七言各體。任昉在〈文章緣起〉中說：漢六言詩，始於（成帝時）谷永。齊言體詩，由於整首每句的字數一樣，句法的變化相同，音節句調讀來都比較整齊和諧，尤其五言、七言對後代的詩歌的影響尤其深遠。

㈠四言詩：漢初的作品尚有二十七、八首，用於郊廟明堂祭祀神明、讚頌功德的，有高祖時唐山夫人的〈安世房中歌〉：〈大孝備矣〉等十二章❶，武帝時的〈郊祀歌〉：〈帝臨中壇〉等八首❷。這類作品的形式，出於《詩經》的〈雅〉、〈頌〉，及《楚辭》的〈賦體〉。因作者都

❶〈房中歌〉共十六章。
❷〈郊祀歌〉共十九首。

是宮廷中的詩人，文詞大多古雅，艱奧難懂。例如：

大孝備矣，休德昭清。高張四縣，樂充宮庭。芬樹羽林，雲景杳冥。金支秀華，庶旄翠旌。（唐山夫人〈房中歌〉）

這是一首享神的樂歌。《漢書・禮樂志》：「高祖樂楚聲」，故『房中樂』楚聲也。」大概是配以楚地的音樂來唱的。又如：

帝臨中壇，四方承宇，繩繩意變，備得其所。清和六合，制數以五。海內安寧，興文匽武。后土富媼，昭明三光。穆穆優游，嘉服上黃。（武帝時〈郊祀歌〉的〈帝臨〉篇）

這是祭祀黃帝與后土的樂歌。《漢書・武帝紀》：「元鼎四年十一月甲子，立后土祠于汾陰脽上。」

一般言志述懷的四言詩，有漢高祖的〈鴻鵠歌〉、朱虛侯的〈耕田歌〉、韋孟的〈諷諫詩〉和〈在鄒詩〉等。例如高祖的〈鴻鵠歌〉：

鴻鵠高飛，一舉千里。羽翼已就，橫絕四海。橫絕四海，又可奈何！雖有矰繳，尚安所施？

《漢書・張良傳》說：高帝欲廢呂后生的太子，改立戚夫人的兒子趙王如意。後來太子禮迎隱居商山的四位高士（東園公、綺里季、夏黃公、角里先生）來京，人稱「四皓」。太子得四皓的輔佐，聲望漸隆。漢高帝怕失民心，就不敢再言廢立了。這首就是在這樣的背景下產生的象徵詩；用鴻鵠來比擬太子，說他得到商山四皓的輔佐，有如鴻鵠已長出翅膀，可以高飛千里，橫越天下，已無法改易了。他這種託喻的寫法，當是從《詩經．碩鼠》之類的作品變化出來。

韋孟的〈諷諫詩〉，長一百零八句；今略舉數句：

肅肅我祖，國自豕韋。黼衣朱紱，四牡龍旂。彤弓斯征，撫寧遐荒，總齊羣邦。以翼大商，迭彼大彭……。

這帶有文人喜歡講究文字的習氣，高古典雅，嚴謹拘縮，所以讀來了無生氣。倒是民間一些四言的歌謠，如武帝時的〈鄭白渠歌〉：「白渠起後，舉鍤如雲，決渠爲雨，水流竈下，魚跳入釜」，「且溉且糞，長我禾黍，衣食京師，億萬之口」，把武帝太始二年白公渠開發之後的情形與好處，描寫得多麼靈活生動有味。

㈡三言詩：漢初的作品有唐山夫人的〈安世房中歌〉中的「安其所」、「豐草葽」、「靁震震」等三章，武帝時〈郊祀歌〉中的〈練時日〉、〈華燁燁〉、〈五神〉、〈朝隴首〉、〈象載瑜〉、〈赤蛟〉、〈天馬（太一貺、天馬徠）〉等七首。例如〈練時日〉的開頭：「練時日，侯有望。焫膋蕭，延四方。九重開，靈之游。垂惠恩，鴻祜休……」之類，也都是用來祭祀神靈，或贊頌功德的。由於三言詩文簡句短，音促節迫，本來就很難寫得好，現在再講求古雅，雕琢文字，自然幽澀難解、詰屈聱牙了。不過像武帝時長安的民謠：「苦饑寒，逐彈丸」，文字雖淺白，卻也無味可嚼。

㈢五言詩：四言詩因爲字數少，句子短，對於比較複雜的情思與生活，就不易表達，必須借助於重疊反覆的章法，而且由於文字簡鍊精約，也不容易發揮作者的文采與才思。五言詩雖然只多了一個字，但在詩境上卻有了回旋周轉的餘地，節奏也顯得靈活委婉，詩的風韻與作者的才思，都比較容易發揮表現。鍾嶸《詩品．序》說：「五言，居文詞之要，是衆作之有滋味者也。」五言句，在《詩經》裏已經非常盛行，只是還沒有製作全篇罷了。漢初才有整首詩用五言句來寫的，後來作者漸多，到李陵、蘇武以五言著名，遂與四言並稱。蕭統的《文選．序》說：「自炎漢中葉，厥塗漸異，退傅（韋孟）有〈在鄒〉之作，降將（李陵）著〈河梁〉之篇，四言五言，區以別矣。」過去各種總集、選集所收兩漢的五言詩大約有二百八十多首，除去東漢建安的作品以外，還有一百二十首左右。其中屬於漢朝初期，標有作者姓名的有：漢高祖時虞美人〈答項王楚歌〉，惠帝初戚夫人〈永巷歌〉，景帝時枚乘〈雜詩〉九首，武帝時李延年作歌，卓文君〈白頭吟〉，李陵〈與蘇武詩〉三首、〈別詩〉六首、闕詩四首，蘇武詩四首、又〈答李陵詩〉、〈別李陵詩〉二首，共三十多首。無名氏所作五言的古詩與歌謠，諒也不少。蕭統的《昭明文選》將〈古詩十九首〉編在李陵詩前；徐陵的《玉臺新詠》將古詩〈上山採蘼蕪〉等八首，編在古樂府和枚乘〈雜詩〉前；鍾嶸的《詩品》將古詩列在上品卷首，李陵之前；大概都是認爲其中有一些作品的寫作時代較早吧。只是「人代冥滅」，無法考定。現在能夠知道時代的，只有武帝時長安〈紫宮諺〉一首。我國的曆法，夏代建寅，以正月爲歲首，十二月爲歲暮；秦代建亥，以十月爲歲首，九月爲歲暮；漢初用秦曆，到武帝太初元年（西元前一〇四）才改用夏曆。漢人作〈豔歌行〉：「翩翩堂前燕，冬藏夏來見。」〈古詩十九首〉中的〈明月皎夜光〉詩：「促織鳴東壁，玉衡指孟冬。」〈凛凛歲云暮〉詩：「凛凛歲云暮，螻蛄夕鳴悲。」在今天看來，促織、螻蛄都是秋蟲；這裏卻說它們鳴於「孟冬」或「歲暮」；燕子秋天飛去南方，春天又飛了回來，這裏卻說它「冬藏夏來見」；由詩裏所描寫的景物與節令的關係，可以證明這三首詩都是漢武帝太初改曆以前的作品。今天的秋天，正是「太初前」的冬天或歲暮的時節。西漢的五言詩，在我國詩歌的發展上佔了極重要的地位，但後人對其作者與年代的問題多持懷疑之說；我在〈漢五言詩作者與時代問題的辨疑與新證〉中，曾經詳加辨析，糾正這些疑說。

我們知道在戰亂的時候，只有很特殊的作品，才會保存於史策而流傳了下來。項羽在漢高祖五年（西元前二〇二）被圍於垓下；他在突圍之前，作了一首「力拔山兮氣蓋世，……虞兮虞兮奈若何」，悲歌了數遍。《史記．項羽本紀》說：「（虞）美人和之。」張守節作《史記正義》，據《楚漢春秋》所載虞姬的和歌來補充。其詞說：

漢兵已略地，四方楚歌聲。
大王意氣盡，賤妾何聊生？

由虞姬的和歌，可知漢高祖時候已有五言詩。但梁啓超認爲這只是一首打油詩；因此，懷疑它的時代性（見《中國之美文及其歷史》第十四頁）。《漢書．藝文志》中說：《楚漢春秋》是陸賈的作品。陸賈，楚人，以客卿的身份，從漢高祖平定天下。劉知幾在《史通》中說：司馬遷（子長）記述楚、漢的事，專據《楚漢春秋》；張守節引來補充《史記》的內容，應該是可信的。這一首和歌只是出自一個美人之手，文字的俚俗平淺，應該是頂自然的事。由漢朝民間歌謠五言之多，五言體可能最早出於街陌及倡優，俚俗應是特色，以後文人加以模擬創作，才逐漸委婉含蓄。虞姬的作品，因爲和項羽有關，所以才能保存了下來。

惠帝時候又有戚夫人的〈永巷歌〉，也是非常淺俗的：

子爲王，母爲虜！終日春薄暮，常與死爲伍！相離三千里，當誰使告汝？

《漢書・外戚傳》說：「高帝得定陶戚姬，愛幸，生趙隱王如意。高祖崩。惠帝立。呂后爲皇太后，乃令永巷囚戚夫人，髡鉗，衣赭衣，令春。」戚夫人一邊春米，一邊唱歌。這首歌詞收在〈外戚傳・呂后傳〉中。漢高祖十二年（西元前一九五）崩。戚夫人歌，開頭兩句三言，其他五言，直述她自己悲慘的遭遇；痛苦的心聲，自不能說的婉曲。後來戚夫人終於被殺害慘死。

此後，經過了四、五十年，這期間並沒有出現什麼有名的五言詩詩人，直到了景帝、武帝時候，枚乘（西元前？——前一四一）作〈雜詩〉九首，五言詩才有驚心動魄的作品產生。

枚乘的九首〈雜詩〉，收在徐陵編《玉臺新詠》卷一中，除〈蘭若生春陽〉外，其他〈行行重行行〉、〈青青河畔草〉、〈西北有高樓〉、〈涉江采芙蓉〉、〈庭中有奇樹〉、〈迢迢牽牛星〉、〈東城高且長〉、〈明月何皎皎〉八首，又見《昭明文選》卷二十九所收漢「古詩十九首」之中。魏晉時，陸機擬古詩十四首，除了這九首之外，還有〈青青陵上柏〉、〈今日良宴會〉、〈明月皎夜光〉、〈廻車駕言邁〉、〈驅車上東門〉五首，也包括在十九首內。再加上〈去者日以疎〉、〈生年不滿百〉、〈凛凛歲云暮〉、〈孟冬寒氣至〉、〈客從遠方來〉五首，還有劉勰說是東漢初傅毅作的〈冉冉孤生竹〉一首，構成了古詩十九首的內容。這十九首古詩的創作時代，鍾嶸在《詩品·序》中說：「古詩眇邈，人世難詳；推其文體，固是炎漢之製，非衰周之倡也。」又在上品開頭，說：「古詩，其體源出於〈國風〉，陸機所擬十四首，文溫以麗，意悲而遠，驚心動魄，可謂幾乎一字千金。其外，〈去者日以疎〉四十五首，雖多哀怨，頗爲總雜；舊疑是建安中曹（植）、王（粲）所製：〈客從遠方來〉、〈橘柚垂華實〉，亦爲驚絕矣。」劉勰在《文心雕龍。明詩篇》中說：「古詩佳麗，或稱枚叔；其〈孤竹〉一篇，則傅毅之詞：比采而推，固兩漢之作也。」枚叔就是枚乘。可見古詩十九首，有些是西漢枚乘的作品，〈冉冉孤生竹〉是東漢初傅毅的作品；〈客從遠方來〉已有人懷疑是建安時曹植的作品。枚乘、傅毅二人也是有名的辭賦家。過去的學者對古詩十九首（包括枚乘的〈雜詩〉在內）創作的時代，提出了一些意見與疑說。現在我就他們的意見與疑說，加以論析：

(1)李善注古詩十九首，認爲〈驅車上東門〉、〈遊戲宛與洛〉二首，是東漢的作品。——我認爲「上東門」，雖是洛陽的城門，但在漢高祖時代就已存在（見《漢書·賈生傳·請封子弟疏》）。而且洛陽是東周的舊都，秦人增建有南、北二宮（見《括地志》與《輿地志》）；宛縣也是西漢時名城，人衆蓄多（見《史記・漢高祖本紀》）：所以西漢人作〈驅車上東門詩〉；以及作〈青青陵上柏詩〉，提到「遊戲宛與洛」，寫到洛陽城裏「兩宮遙相望」；這並沒有什麼不符合史實，不可以的地方。這和李善所謂的「辭兼東都」沒有必然絕對的關係。當然東漢人也可以寫這樣的作品；不過，絕對不是建安時作品，因爲「洛陽城」已在東漢初平元年，董卓強迫獻帝西遷長安時，放火焚毀。

(2)洪邁❶、顧炎武❷、梁啓超❸三人認爲李陵詩「獨有盈觴酒」，枚乘詩「盈盈一水間」，「盈」字觸犯惠帝的名諱，是後人的擬作。——按明人王世貞早已提出「臨文不諱」的說法（見《藝苑卮言》卷二）。周嬰在《卮林》卷四中，又就兩漢人作詩作文章對漢朝皇帝的名字不加避諱的現象，提出的例證，總有數十條之多，尤以「盈」字最多，已足以推翻洪邁等人的說法。

(3)鍾嶸《詩品・序》提到：「自王、揚、枚、馬之徒，詞賦競爽，而吟詠靡聞。」錢大昕在《十駕齋養新錄》卷十六中說：「枚叔，班史不言有五言詩。」陸侃如在《中國詩史》中說：「《漢書・藝文志》及〈枚乘傳〉只稱他的賦，未及他的詩。」懷疑劉勰所說「古詩佳麗，或稱枚

---

❶ 說見《容齋隨筆五筆》卷十四。

❷ 說見《日知錄》卷二十三。

❸ 說見《中國之美文及其歷史》頁一一三。

叔」爲臆說。——我們知道班固編《漢書・藝文志》的〈詩賦略〉，是依據西漢成帝、哀帝時劉向、劉歆父子所編的〈詩賦略〉增刪來的。辭賦是西漢文學的主流，作者非常多；五言詩是新興詩體，當時尙不普遍；所以〈詩賦略〉載賦，自然詳備。再者就《漢書・藝文志・詩賦略》所著錄詩歌的篇目來看，只是包括漢樂府機構採集的歌詩三百十四篇而已，個人作的「古詩」，一首都沒有；所以枚乘作五言雜詩不包括在內，這是當然的事。這只能說跟西漢文壇的風尙與編錄作品的範圍有關而已。所以不能因爲班固《漢書・藝文志・詩賦略》與〈枚乘傳〉未提到枚乘的詩，就否定了枚乘作雜詩的事。再說徐陵編《玉臺新詠》選錄枚乘詩九首，自然是有依據來源的；像梁阮孝緒編《七錄》載有〈漢弘農都尉枚乘集二卷〉（見《隋書・經籍志》附載）；所以《玉臺新詠》收錄枚乘詩自然可信。前人對枚乘詩與古詩十九首的懷疑之說，立論與依據都非常薄弱，本自不値採信。但現代的學者大多是「人云亦云」，以致錯誤的說法，愈演愈烈，反而成爲文學史上的定論。謬說變成眞理，敎人不能再緘默不語。古詩十九首，質樸淡遠，溫柔敦厚，不用難字，而韻味緜緜，自然高渾，而現其氣象，和建安詩的麗藻巧思以及哀怨悲憤的風格，自有差異；古詩十九首所寫的內容，只有言情詠懷等兩三種，非常單純；建安詩人寫遊讌、紀行、贈答、詠古、頌德、言情、述懷、軍戎、雜詠種種內容，拓廣了許多。我實在很難贊同現代考據學者，文學史家的說法，所以這裏不得不多費筆墨來辨析駁斥。現在介紹枚乘詩兩首：

行行重行行，與君生別離。相去萬餘里，各在天一涯。道路阻且長，會面安可知？胡馬依北風，越鳥巢南枝。相去日已遠，衣帶日已緩。浮雲蔽白日，遊子不顧返。思君令人老，歲月忽已晚。棄捐勿復道，努力加餐飯。

這首詩寫忠臣受小人讒譖，被放逐退遠，相思君上之情。陳沆說是枚乘去吳遊梁時作。乘為吳王濞的郎中；吳王謀逆，乘奏書進諫，未被採納，因離吳遊梁（說見《詩比興箋》）。說他自己與君遠別，實難再見；但胡馬越鳥，尚且依戀故鄉，何況有情之人呢？相去日遠，憂思日深，人也更加消瘦。只因小人壅隔賢路，蔽君聖明，故仍不願回去。惟思君令人衰老，才驚覺「歲月已晚」，沒有多少好時光可以蹉跎。詩意寫的曲折纏綿，溫柔敦厚之極，奠定漢詩抒情的特色。

青青河畔草，鬱鬱園中柳，盈盈樓上女，皎皎當窗牖，娥娥紅粉妝，纖纖出素手。昔為倡家女，今為蕩子婦。蕩子行不歸，空床難獨守。

這首詩刻畫蕩子的喜歡浪遊的生活習性，倡家女的遭遇與不慣空閨獨宿的心理，都描寫得非常透徹。王國維以為「此詩為淫鄙之尤，然無視為淫詞者，以其眞也。」也有的說這詩是用來諷刺那些急於出仕而所託非君的人。

由枚乘的作品，也可以看出古詩的特別意味。他們只用一兩句極平常的話，就能將悱惻纏綿的情思表現了出來，含有深遠情味，神奇意致，教人感悟深思，低徊不已，而提昇了漢詩的抒情的境界。

漢武帝元朔元年（西元前一二八）左右，李延年作〈佳人歌〉也不錯。歌說：

北方有佳人，絕世而獨立。一顧傾人城，再顧傾人國。寧不知傾城與傾國，佳人難再得！

《漢書．外戚傳．李夫人傳》說：李延年的妹子，妙麗善舞；李延年作歌極力讚美她，是絕世難得的美人。她就因這首歌入宮，爲李夫人。也可見這首歌的力量，足以打動皇帝的心扉，眞是神奇有趣的韻事。

卓文君的〈白頭吟〉，說：「皚如山上雪，皎若雲間月。聞君有兩意，故來相訣絕。」終使司馬相如放棄了娶妾的念頭，可見詩歌感人之處。這些感人的詩篇，後人的擬作很多。

五言詩發展到了李陵、蘇武的時代，進入完全成功的階段。

㈣七言詩：在漢朝以前，整篇七言詩，清王士禎《古詩選》所收的，有黃帝時皇娥〈倚瑟清歌〉，當是後人僞作。不過七言句與七言詩的雛型，屢見於《詩》、《騷》、《左傳》、《吳越春秋》、《孔叢子》、《晏子春秋》、《禮記》、《琴操》及其他典籍所載所引的先秦的歌詩之中。漢朝七言詩的形成，受《楚辭》的影響最大。錢大昕認爲把《楚辭》中的助詞去掉，即成七言。如宋玉〈招魂亂〉：「獻歲發春兮汩南征，菉蘋齊葉兮白芷生。」去「兮」，即七言。沈德潛在《說詩晬語》中說：「〈大風〉、〈柏梁〉，七言之權輿也。」所以過去學者就將楚歌體項羽〈垓下歌〉、漢高祖〈大風歌〉、李陵〈別歌〉，歸於七言詩類，與七言古詩一起介紹。漢初人作的謠諺樂章已盛用七言句，如唐山夫人〈安世房中歌〉第六：「大海蕩蕩水所歸，高賢愉愉民所懷」，武帝時〈郊祀歌〉中的〈天地篇〉，全詩二十七句，七言有「千童羅舞成八溢」等十三句；「景星」二十四句，七言有「穰穰豐年四時榮」等十二句。〈鐃歌〉十八曲中〈上之回〉、〈臨高臺〉、〈有所思〉諸首，也盡多七言句。漢代的七言詩的產生，也是必然的趨勢。

整首的七言詩，到漢武帝元封三年（西元前一〇八）作〈柏梁臺詩〉，始告產生。後人推之爲七言之始：

「日月星辰和四時（皇帝）。驂駕駟馬從梁來（梁王）。郡國士馬羽林材（大司馬）。總領天下誠難治（丞相）。和撫四夷不易哉（大將軍）。刀筆之吏臣執之（御史大夫）。撞鐘擊鼓聲中詩（太常）。宗室廣大日益滋（宗正）。周衞交戟禁不時（衞尉）。總領從官柏梁臺（光祿勳）。平理清讞決嫌疑（廷尉）。修飾輿（一作車）馬侍駕來（太僕）。郡國吏功差次之（大鴻臚）。乘輿御物主治之（少府）。陳粟萬石揚以箕（大司農）。徼道宮下隨討治（執金吾）。三輔盜賊天下危（左馮翊）。盜阻南山爲民災（右扶風）。外家公主不可治（京兆尹）。椒房率更領其材（詹事）。蠻夷朝賀常會期（典屬國）。柱枅欂櫨相枝持（大匠）。枇杷橘栗桃李梅（太官令）。走狗逐兔張罘罝（上林令）。齧妃女脣甘如飴（郭舍人）。迫窘詰屈幾窮哉（東方朔）。」

〈柏梁臺詩〉，是武帝和羣臣集體作的聯句，作者共二十六人，每人作一句，一句一個意思，多就自己的職分而詠，大家同用一個韻，所以形成後來七言詩「每句押韻」的形式。這直到宋鮑照作〈行路難〉十九首，才把七言詩變成隔句用韻。也因此重韻重字很多，而且詞意樸拙，也可以看出當日衆人勉強雜湊成篇的情況。〈柏梁臺詩〉只能說粗具七言詩體的形式而已。

〈柏梁臺詩〉，顧炎武疑爲依託，作有考證文字，收在《日知錄》卷二十一中。他的結論，對近代研究文學史的學者的觀點產生了極大的影響。我在拙著《漢詩研究》第二章〈漢武帝柏梁臺詩考〉，細加研討，認爲顧說不能成立。我研究結果，認爲〈柏梁臺詩〉最早出現於西漢人作〈東方朔別傳〉，來源可信。又據唐歐陽詢主編《藝文類聚》中所錄詩，在詩句上只標作者官位，沒有注作者姓名；而這些官位又是編〈東方朔別傳〉作者所附注的，所以其中採用太初後的新官名，有「光祿勳、大鴻臚、大司農、執金吾、左馮翊、右扶風、京兆尹」七個，不用元封時官名；這只能說作〈東方朔別傳〉者的態度有欠謹嚴。但這也是一般作史傳者追記前人事蹟常見的毛病。又由詩中「支之哈灰」通韻，正合古韻的標準。又據《漢書・百官公卿表》、《後漢書・百官志》等所載各官的職分，跟〈柏梁臺詩〉的各句的內容比較，發現每一句詩的意思，都能符合作者的身份、職守或個性、口吻。我認爲這首詩確是漢武帝時的作品。

六、結　語

漢朝初期的作品，除五言詩有一些好的作品外，其他各體佳作並不多，不過，他們承繼《詩》、《騷》的各種形式來創作，產生許多新詩體，於是有楚歌、齊言、雜言種種專體產生。在兩漢四百多年間醞釀發展，成熟完美，遂使我國的詩歌開闢了新的道路，奠定了後來兩千多年詩體的形式；而這些詩體大都產生於漢初。這不能說不是重要的貢獻。

參考書目

周 《詩經》

漢 王逸注《楚辭》

梁 昭明太子《文選》(李善注)

陳 徐陵《玉臺新詠》(吳兆宜箋注)

宋 郭茂倩《樂府詩集》

孫巨源《古文苑》(宋韓元吉刋本、章樵注宋刻本)

明 訥文章辯體

徐師曾《詩體明辯》

清 王士禎《古詩選》

沈德潛《古詩源》

近人 丁福保《全漢三國晉南北朝詩》

清 張庚《古詩十九首解》

王先謙《漢鐃歌釋文箋正》

陳沆《詩比興箋》

唐 歐陽詢《藝文類聚》

宋　李昉《太平御覽》
晉　葛洪《西京雜記》
晉　摯虞〈文章流別論〉
梁　蕭統《文選・序》
任昉〈文章緣起〉
沈約《宋書・謝靈運傳論》
劉勰《文心雕龍・明詩篇、樂府篇》
裴子野〈雕蟲論〉
鍾嶸《詩品》
北齊　顏之推《顏氏家訓・文章篇》
唐　杜甫〈論詩絕句〉
白居易〈六帖〉、〈與元九書〉
釋皎然《詩式》
宋　嚴羽《滄浪詩話》
唐　吳兢《樂府古題要解》
明　楊愼《升庵詩話》
王世貞《藝苑卮言》

清　沈德潛《說詩晬語》
宋　洪邁《容齋隨筆》
元　陳秀明編《東坡詩話錄》
明　周嬰《卮林》
清　顧炎武《日知錄》
錢大昕《十駕齋養新錄》
漢　趙曄《吳越春秋》
司馬遷《史記》（張守節正義）
班固《漢書》（孟康注）
唐　長孫無忌《隋書・經籍志》
清　章學誠《文史通義》
近人　陸侃如、馮沅君合著《中國詩史》
梁啓超《中國之美文及其歷史》
劉大杰《中國文學發展史》
敖士英《中國文學年表》
方祖燊《漢詩研究》（〈漢五言詩作者與時代問題的辨疑與新證〉、〈漢武帝柏梁臺詩考〉、〈漢朝詩歌形式的研究〉、〈漢朝樂府詩的簡史與解題〉、〈建安時代詩歌〉）

方祖燊〈古詩十九首的分析與欣賞〉（《幼獅月刊》第四十四卷三期）

（民國七十三年六月臺灣師範大學《國文學報》第十三期）

古詩十九首的分析與欣賞

劉勰說：「古詩佳麗，或稱枚叔；其〈孤竹〉一篇，則傅毅之詞；比采而推，固兩漢之作乎！婉轉附物，怊悵切情，實五言之冠冕也。」（《文心雕龍》）。枚叔就是枚乘，西漢惠、景時人；《玉臺新詠》收有他的作品〈行行重行行〉等九首；其中除〈蘭若生春陽〉一首外，餘均在〈古詩十九首〉內。傅毅，東漢初人。古詩十九首所寫的內容，如逐臣棄婦、友誼鄉愁、婚姻愛情、生死新故等，大都是大家同有的情思；因爲他寫的情眞詞婉，語短意長，正如呂本中所說：「思深遠而有餘意，言有盡而味無窮」，極耐人尋思，能使讀者反覆吟詠，悲感無端。鍾嶸說它大抵是「驚心動魄，一字千金」之作。古人又稱之爲「風餘」、「詩母」。

我個人認爲要欣賞一首詩，應該先從「理解」詩的涵意下手，能夠很深入地理解，然後才能談到「欣賞」。古詩十九首，前代的學者解說評介的很多，有種種專解。如清張庚作《古詩十九首解》就是。可是這些學者研究詩歌，常喜歡用漢儒說詩的「美刺之義」，所以十九首多被解作「臣不得於君」的話。本來只是些抒寫情志、人生道理的作品，被舊注家蒙上「君臣大義」，使

「十九首」的文學趣味與價值減低。至於現代文學史家在著述中也常涉及十九首的涵意，雖然沒有美刺之說，但卻加上個主觀的時代性。如劉大杰認爲十九首產生的時代，大都在東漢建安，所表現的大抵是東漢末葉大亂時代人民的思想、情感，表現亂世的離恨鄉愁之苦，人生的虛無幻滅，以及追求享樂的思想。在這種以主觀的時代觀念之下，來解說古詩十九首，當然有些作品也就不能切合原作的情意了。所以這裏單就「詩」來解釋「詩」，分析「詩」，欣賞「詩」，可能比較能忠於原作之意罷！

現在逐首分析欣賞如下：

行行重行行，與君生別離。相去萬餘里，各在天一涯。道路阻且長，會面安可知？胡馬依北風，越鳥巢南枝。相去日已遠，衣帶日已緩。浮雲蔽白日，遊子不顧返。思君令人老，歲月忽已晚。棄捐勿復道，努力加餐飯。（依，《玉臺》作嘶。餐，《玉臺》作飧。）

這首詩寫忠臣受小人讒譖，被放逐（或退處）遐遠，而相思君上之情。陳沆說是漢枚乘去吳遊梁時作。乘爲吳王濞郎中，吳王謀逆，乘奏書諫，不納，因離吳遊梁。（《詩比興箋》）首句連疊四「行」字，中介一「重」字，極寫「行之不止」的情況。人情所不能忍受的，莫過於離別的悲痛。屈原說：「悲莫悲兮生別離。」因此「與君生別離」一句，便已包含多少纏綿的感情在內。「相去萬餘里」，這是用鋪張的手法，誇飾他當時主觀的別後兩地相隔之遠的感受，想再見面，也極困難了。所以說「道路阻且長，會面安可知」！接着作者又用「胡馬」二句，表示胡馬從北方來而依戀北風，越鳥從南方來而巢棲南枝，無情的物尚且如此，更何況有感情的人，又怎能不懷戀故國？而將他自己的深情，暗寄其中。因不斷行行，故「相去日遠」。「相去日已遠」，憂思自日深，傷心而消瘦，所以衣帶日寬鬆。「日已」二字，苦處在「漸」。既然相思這樣的苦痛，那就設法回去吧！可是又不想回去，實在有不能回去的原因。我想〈古楊柳行〉：「讒邪害公正，浮雲蔽白日」這兩句，正可用來解說這裏「浮雲」二句。「浮雲」比喩讒邪小人。前人對「白日」有兩種解釋：一喩國君，就是佞臣蔽君的聖明，致使忠臣去而不返；一喩賢臣，意謂由於邪臣壅蔽賢路，使忠情賢才，無法上達，「遊子」因此「不顧返」。「思君令人老」，可能由《詩．小雅．小弁》：「假寐永歎，維憂用老」變化出來的，既不能回去，憂又能傷身，使人消瘦憔悴而衰老，故云。因自己「老」了，這時才又猛然驚覺「歲月忽已晚」，沒有多少好時光可以蹉跎了。最後他故作曠達自解的話，指出相思無益，徒自傷身，應該「棄捐勿復道」，而且勉勵自己，「努力加餐飯」，保重身體。在言不盡意中，暗示他還希望將來小人罷黜時能夠回去再為國家効力。由上面分析，可知這首詩用意曲折，創語也很新警，而且情致纏綿，雖遭君棄逐，卻毫無怨懟。就是歸咎讒者，僅止「浮雲」一句，而且用比喩來表達，實在溫柔敦厚極了。

青青河畔草，鬱鬱園中柳。盈盈樓上女，皎皎當窗牖。娥娥紅粉粧，纖纖出素手。昔為倡家女，今為蕩子婦。蕩子行不歸，空牀難獨守。（粧，《玉臺》作妝。）

這首詩寫春天時節蕩子婦難守空閨之情。也有的說這詩是用來諷刺那些急於出仕、所託非君的人。我們知道春情最難排遣。先由河畔草青，園中柳鬱的撩人煙景寫起。就在這春景撩人的時候，寫出樓上有一個體態輕盈的少婦，正臨窗弄妝，伸出纖手，招蜂引蝶的情態。這樓上少婦又何以要弄妝作態呢？《詩・衞風・伯兮》：「自伯之東，首如飛蓬。豈無膏沐，誰適爲容。」寫一位良家女人因爲丈夫遠行，就無心打扮。這首詩寫的是「倡家女」、「蕩子婦」，就自然不同了。也因爲她是「娼家女」，所以嫁作「蕩子婦」；蓋良家子弟自然不會娶娼爲妻，只有那到處狎遊的蕩子才會娶她。又因蕩子是不重情愛的人，又一向浪遊慣了，婚後仍然遊蕩不歸，以致妻子常常獨宿空閨。這也是必然的現象；這詩對人情事理的描寫眞是透徹極了。做妻子的展轉空床，獨守空閨，也可以想見她的寂寞，而今清晨起來，又看到一片惱人的春色，情自難堪。但若不是娼家女，獨守尚慣，就不會產生詩中所寫的這種現象。而今樓上少婦出身於倡家，在這撩人情懷的春天，自是「空牀難獨守」了。這短短的幾句，就將一個倡家女、蕩子婦的那種複雜的境遇與心理，極深刻生動地描寫了出來，眞是寫得好極了。王國維說：「空牀難獨守，可謂淫鄙之尤，然無視爲淫詞者，以其眞也。」

唐王昌齡〈閨怨〉詩：「閨中少婦不知愁，春日凝妝上翠樓，忽見陌頭楊柳色，悔敎夫婿覓封侯。」跟「青青河畔草」這首的內容很相似。但王昌齡寫的是良家的少婦，故能獨守空閨，不知離別相思之愁。就是春日登樓，亦必先自打扮好了，然後登樓；不像倡家女因爲空牀難守，故意上樓臨窗弄妝作態。王昌齡又由「忽見」二字，寫這位少婦在樓上偶然有觸而感，由春天已到，柳色轉青，而想念起丈夫還沒回來，覺得有些寂寞。不像蕩子婦只爲着空牀難耐，而撩動春情。又由「悔敎夫婿覓封侯」句，可知她的夫婿是爲着求取功名而出外的，不像蕩子自好遊蕩，經常行不歸。由「敎夫婿」三字，又寫出丈夫本無「行意」，是她勉勵他遠行。雖用一「悔」字，卻也不失性情之正。這兩首詩的含意雖說相近，但一個表現慾，一個表現情，一刺一美，義自天淵，而給人不同的感受。

青青陵上柏，磊磊磵中石。人生天地間，忽如遠行客。斗酒相娛樂，聊厚不爲薄。驅車策駑馬，遊戲宛與洛。洛中何鬱鬱，冠帶自相索。長衢羅夾巷，王侯多第宅。兩宮遙相望，雙闕百餘尺。極宴娛心意，戚戚何所迫。

這首言人生短暫，應及時遊樂。從前學者從《詩》三百篇中，歸納出賦、比、興三種寫詩的方法。所謂「興」，就是詩人因看了某一事情、某一景物，突然產生感興，而勾起了一段情思。這首詩就是採用這種「興體」來寫的。從陵柏長青，石堅不朽，引起人生短暫的感觸：「人生天地間，忽如遠行客。」將人生於世看作逆旅作客，死歸自然看作返鄉回家。《列子．天瑞篇》：「古者謂死人爲歸人，夫言死人爲歸人，則生人（活人）爲行人矣。」李白〈春夜宴桃李園序〉也說：「夫天地者萬物之逆旅，光陰者百代之過客。」這種出於道家的生死觀是相當曠達的。人生既如此短暫，所以應該及時飲酒遊樂。但要注意的，在「斗酒相娛樂」裏，作者用一「相」字，含有與親友共樂之意。酒獨飲不樂，要與親友，彼此勸酬，豪興遄飛，這樣才能得到飲酒的樂趣。他們又趁着酒後，往遊宛城與洛陽。「洛中」以下六句，鋪敍到了洛陽城裏，看到繁華熱鬧的情況，冠帶往來，第宅衆多，宮闕壯麗。《括地志》：「洛陽故城內，有南宮北宮，秦時已有。漢高祖嘗置酒於南宮。」蔡質《漢官典職》說兩宮「相去七里。」由上面幾句，作者就將當時太平盛世的氣象描繪了出來，可見古詩人筆力的蒼勁敷腴。最後作者指出宴遊的好處，在娛心快意，使人憂戚煩惱無從產生。這種看法是頗有道理的。

今日良宴會，歡樂難具陳。彈箏奮逸響，新聲妙入神。令德唱高言，識曲聽其眞。齊心同所願，含意俱未申。人生寄一世，奄忽若飈塵。何不策高足，先據要路津。無爲守窮賤，轗軻長苦辛。

這首是勸人出仕的詩。作者先寫許多好友集宴一堂，說不出歡樂。這時有人彈箏，飄逸奔放，新曲神妙。這時又有人唱起歌來。令德是借代辭，代稱歌者是一位有才德的朋友。他借歌辭唱出他崇高的抱負，想發揮自己的才德，爲國爲民做一番事情的情志。他這種「高論」，只有我們這些同道知音，才能瞭解；故云「令德唱高言，識曲聽其眞」。而且他這種想法，也是我們「齊心同願」的事，但遺憾的是大家也都未獲機會伸展。反觀我們寄居世上，極爲短暫，快的就好像風吹塵起，一下就沒滅無蹤。所以他勸大家要趁着年輕時，騎馬出行，佔據要津，謀居高位；這樣才能有機會發揮自己的才德，爲世所用，不必固守窮賤，潦倒終生。古代聖賢常說：「君子固窮」，「不汲汲於富貴，不戚戚於貧賤」，「窮當益堅」。這裏卻作相反的說話，大概作者認爲一個人雖有才德，倘若無用而終，對個人對國家都是一種損失。因作婉言，勸人出仕。這詩含意大概如上。

不過有一些學者卻認爲這是一首諷刺謬悠的作品。令德，借稱富貴的人。這位富貴人的高談的言論，就是這詩結尾六句，教人追求富貴，厭棄窮賤的生活。意若莊重，其實憤譃之極。他認爲這「令德」者所唱的「高言」，剛好也就是世俗人一般的想法與願望，只是大家沒有說了出來罷了。現在借「令德唱高言」來申述明白。這種解釋，也有道理。所以方東樹評謂：「讀來令人失笑，而復感歎，轉若有味乎其言也。」一般人的想法都是豔羨富貴，言談勢利，追求權位金錢的；這詩曲折盡意，將它描摹了出來。這確是一首好詩，刻畫人性，入木三分。

西北有高樓，上與浮雲齊。交疏結綺窗，阿閣三重階。上有絃歌聲，音響一何悲！誰能爲此曲？無乃杞梁妻。清商隨風發，中曲正徘徊。一彈再三歎，慷慨有餘哀。不惜歌者苦，但傷知音稀。願爲雙鳴鶴，奮翅起高飛。（鳴鶴，《玉臺》作鴻鵠）

這首寫聽歌有感，暗諷非戰。作者描寫眼中的高樓。「上與浮雲齊」，誇飾樓的「高」。漢代建築也有很高的。如漢武帝時的飛廉觀高四十丈，通天臺去地一百多丈，望雲雨悉在其下；次寫建築的華麗，如窗櫺的交錯鏤刻，樓閣的曲簷屋霤，並且下有三重階級。接着寫這時樓上傳來彈絃唱歌聲，非常悲傷。因爲曲調極悲，又看不見樓中人；作者因此用揣度的語氣：誰能作此悲歌怨曲？恐怕是「杞梁妻」吧！杞梁，是春秋時齊國的將領，跟齊莊公征莒而戰死。他的妻子枕屍痛哭十日，城爲崩塌。她並彈琴作歌，曲終，投水自殺。這首寫得最好的，就在「誰能爲此曲？無乃杞梁妻」兩句，寫出了戰爭帶來的災難，在製造許多無依無靠的「杞梁妻」。「清商」四句，進一步描寫這不幸女人的心聲，以及作者聽曲的感受。他先寫曲子的開頭，清商曲隨風發送過來；次寫彈唱到中途，悲歌怨曲，反覆低徊，想將她心中的幽曲慢慢抒唱了出來。「中曲正徘徊」，有雙關的情味。「一彈再三歎」，描寫曲終時，她仍不能抒盡她的悲哀。作者覺得在她慷慨悲歌中，還含有綿綿不盡的餘哀。這短短的四句，一波三折，寫歌者的情感，聽者的感受，都非常生動感人。他又寫「不惜歌者苦，但傷知音稀」，文字輕輕一轉，說他並不是同情她個人的不幸遭遇，所感傷的是太少人能夠知道她哀歌所包涵的意義，也就是大家很少能夠體會到戰爭給人造成的苦難，使許多女人變成寡婦。要是人類還不能從此覺醒，避免戰爭，那麼不但春秋時有杞梁妻，漢朝有杞梁妻，將來必然仍有許多「杞梁妻」。作者最後說：他願意和這位歌者，化成一雙「鳴」鶴，振翅高飛，叫醒世人，結束各種戰爭吧（或說飛離這戰亂的人間）！

涉江采芙蓉，蘭澤多芳草。采之欲遺誰？所思在遠道。還顧望舊鄉，長路漫浩浩。同心而離居，憂傷以終老。

這首寫離思別情。本想去採荷花，因爲看到水澤邊還有蘭花，就採了蘭花回來。我採了這麼香的蘭花，想送給誰呢？我想念的人又在那麼遠的故鄉。回頭想看看故鄉，路太遠了。又怎能回去？這才想到我和他雖然同心，卻又分居兩地。我怕只有憂思傷心到老到死了吧！這種自問自忖的寫法，是這首詩的特色，給人的意味很是深長。

明月皎夜光，促織鳴東壁。玉衡指孟冬，衆星何歷歷。白露沾野草，時節忽復易。秋蟬鳴樹間，玄鳥逝安適？昔我同門友，高舉振六翮；不念攜手好，棄我如遺跡。南箕北有斗，牽牛不負軛。良無盤石固，虛名復何益？

此怨朋友得志，而忘記故交。過去人認爲這首是西漢武帝太初元年未改曆以前的作品。古時曆法，各代不同。夏曆以正月爲歲首，秦曆以十月爲歲首。漢初承秦舊制，仍用秦曆。這種以「十月」爲歲首，「九月」爲歲暮的曆法，到武帝太初元年才廢掉，改用夏曆。「玉衡指孟冬」的「玉衡」，是北斗七星中第五星，亦稱斗杓。古人是以斗杓(斗柄上玉衡等星)旋轉，所指的子、丑、寅、卯、辰、巳、午、未、申、酉、戌、亥十二辰（西方天文家所謂寶瓶等十二宮）方位，來分配十二月與四時。所以《史記．天官書》說：「斗杓所指，以建時節。」「玉衡指孟冬」，漢初用秦曆，「孟冬」當指「七月」（申）。這首詩開頭八句所寫的景物，如明月的朗照，促織的夜鳴，白露的沾草，秋蟬的高吟，玄鳥（燕子）的飛逝，都是秋天的景物，正合改曆前的節令。這首詩若作於太初元年改曆之後，夏曆的「孟冬」則指「十月」，那麼這首詩前後文，就發生節令與時事（所寫景）不相符合的現象，衝突而無法解釋了。譬如白露在七月而降，至十月早已成爲霜雪。燕子秋天南飛，不在冬季。促織在秋天而鳴，到十月早已物化。所以過去人認爲這首詩中的「孟冬」，應指漢武帝太初元年未改曆前的「孟冬」——即七月也。現在也有人認爲「

玉衡指孟冬」指的是秋夜裏的後半夜，不是指節令。

這詩開頭八句描寫秋夜的各種景色，由外景的刺激，使他覺得季節改變了，因而引起種種感觸。暗寄自己不得志的悲傷，正如樹間秋蟬的悲吟，燕子的不知要飛向哪裏去？並用種種譬喻，說過去同窗好友已奮翅高飛，有了成就；但他不念交情，「棄我如遺跡」，刻畫人情的淡薄，世態的冷酷，頗爲深刻。箕、斗、牽牛都是星名。《詩．小雅．大東》：「睆（視）彼牽牛，不以服箱（駕車箱）。」「維南有箕，不可以簸揚。維北有斗，不可以挹酒漿。」用《詩經》的意思，譬喻徒具朋友的虛名，不給引進，實際無用。並感歎這種友情的脆弱，不如盤石的堅貞，所以結語說「虛名復何益」？這首詩的章法甚妙，上下好像不相連貫，其實全詩一氣而下。先由平鋪直敍的「賦體」，描寫秋天景物；「秋蟬」二句，微寓「興體」，引出下面的感觸；接着連用「比體」，用種種比喻，寫出朋友的得志與無情，以及自己的感歎。

冉冉孤生竹，結根泰山阿。與君爲新婚，菟絲附女蘿。菟絲生有時，夫婦會有宜。千里遠結婚，悠悠隔山陂。思君令人老，軒車來何遲！傷彼蕙蘭花，含英揚光輝；過時而不采，將隨秋草萎。君亮執高節，賤妾亦何爲！

這首詩用一個已訂婚的女子的口吻寫成，寫她埋怨男方遲遲不來迎親。全詩大部分採用比喻的寫法來抒情的。「冉冉」二句說明一個女人嫁給一個好丈夫，終身有託，就像一棵柔弱的竹子結根在泰山邊那樣的穩固。接着說她自己與對方新訂了婚（這裏「新婚」不能作新結婚解），卻像菟絲花附着在女蘿草上。暗示自己因對方遲遲不來接親迎娶，已經有託身非所的想法了。這與開頭兩句的語意相反，形成一種對比。菟絲、女蘿都是寄生植物，不能自立。接着又借菟絲子的生長開花有一定時節，比喻已訂婚的夫婦應當在適當時候完婚，不可拖延。接着她又說自己要到千里那麼遠的地方跟對方結婚，隔山阻水，也實在不容易。她因此又說：想你教人都想老了。你迎親的轎車卻爲什麼還不來呢？接着又借蕙蘭已經結蕊開花，散發美麗的光采，來比喻她已到青春貌美的華年，不能再蹉跎等待下去了。接着她就諷勸對方說：蕙蘭若過時不採，將隨秋草一起萎謝了；意喻你若不來迎娶我，我也不免年華流逝，姿貌衰老。最後仍婉轉說：雖說你迎親來遲，但諒你能做到信守婚約，愛情專一，保持高尚的情操；我還有什麼不能安心的地方，不能跟你看齊呢？這首大都用「比喻法」，將她的情思，平平鋪敍，卻能說盡了一個待嫁女人的感觸。但表現方式，又是何等婉轉含蓄，這正可見出中國舊詩人的溫柔敦厚的情韻，令人讀了又讀，盤旋心中，久久不去。最後一句尤能自重其品格。

庭中有奇樹，綠葉發華滋。攀條折其榮，將以遺所思。馨香盈懷袖，路遠莫致之。此物何足貴？但感別經時。（葉，《玉臺》作陰。貴，一作貢。）

這首詩是由庭樹開花，引起思情。因爲庭院中有一棵奇樹開了很多花，我摘了一些，打算送給你，表示我的思情。這花非常香，捧的久了，馨香的花氣充滿我的懷袖；這時我才想到路遠沒法兒送達。前面這些文字，極力描寫的是花的珍美與馨香。「馨香盈懷袖」，辭趣新穎，情意深摯。「路遠莫致之」，則有深自惋惜、無可奈何之意。但最後兩句，作者筆法一轉，抑低上文所寫的花香價值，說明這花所以珍貴，並不在馨美，而在這花能引起我的思情，使我想起你，想起我們分別已經有好一段時間了；強調「感情」比什麼都可貴的看法。由「經時」二字，可知他們離別起碼一季，當在花開前。現在花盛開了，因而覩物思人，觸景而生情了。

迢迢牽牛星，皎皎河漢女。纖纖擢素手，札札弄機杼。終日不成章，泣涕零如雨。河漢清且淺，相去復幾許。盈盈一水間，脈脈不得語。

這首寫牽牛、織女二星的故事。牽牛，就是河鼓（見《爾雅．釋天》），有星三顆，中一顆色黃，很亮，就是牽牛星。過去又有以「牛宿六星」爲牽牛星。織女，也有星三顆，排成三角形，其中一顆青白色，就是織女星。牽牛星在銀河的南邊，織女星在銀河的北邊，二星隔河，遙遙相望；再配合古代農業社會男耕女織，不可因貪圖夫婦生活歡樂，而荒廢正事的觀念；因此民間就產生牽牛與織女的傳說：織女是天帝的孫女（見《史記．天官書》、《漢書．天文志》），很會織天上的雲錦，下嫁牽牛郎後，荒廢了織事。天帝大怒，將她召回，只許每年夏曆七月七夕，使喜鵲在星河上搭一座橋梁，讓他們渡河相會一次（見《風俗通》）。平日的夜裏，只能隔着銀河，遙遙相望。

作者這首詩寫他看到銀河兩邊的牽牛星和織女星，而想像一段哀怨的愛情的神話故事：描寫織女操弄織機，終日不停織錦（舊式織機穿緯線的織具叫杼，受經線的織具叫軸），但因思念牛郎，無心紡織，所以織不成什麼花樣章彩，而且傷心到哭泣流淚，零落如雨。看銀河又清又淺，兩岸的距離又有多遠？可是就因這美麗的一水之隔，竟使二星只能脈脈含情地隔河盼望，而不能過河相談。這種想像是何等豐富，何等哀艷。描寫織女的情景，有如親眼看見，好像作者當時就在他們的旁邊似的。所以李因篤說：「寫無情之星，如人間好合綢繆，語語認眞，語語神化，直追南、雅矣。」陸時雍說：「末二語就事追情妙繪，絕不費思」，極爲自然，古人以爲「千古絕筆」。這詩中的「重疊詞」都用得極好。如迢迢，寫牽牛星的遠；將牽牛星推遠，因此才能就織女寫出許多情致。皎皎，寫織女星光的皎潔，象徵織女雖想念牛郎，卻能遵守庭訓，勤織彩錦，而不肯私自渡河交語，象徵織女品德之美。札札，狀聲詞，描摹織錦時機杼的聲響，這是純粹摹聲的詞。脈脈，描寫二星相視時眼波微動，含情欲吐的神情，非常生動。

迴車駕言邁，悠悠涉長道。四顧何茫茫，東風搖百草。所遇無故物，焉得不速老！盛衰各有時，立身苦不早。人生非金石，豈能長壽考？奄忽隨物化，榮名以爲寶。

這首寫春遊有感。言春日駕車遠行，悠遊自在，走了一段長路。四面看看，只見東風吹動各種花草。花草都是新長出來的，沒有舊的。在這新秀長成時，怎能不倍感人生的速老。從而又感到萬物盛衰，各有其時，只怕自己未能早自修身立功，以致歲月空過。他又認爲人生在世，本質上也不像金石那樣的堅固久存，不能長壽不老。既然不能長壽，又很快就要隨萬物化滅，所以應該建立「榮名」，以垂久遠，這才可貴。言外之意，勉人早早修身，立功立名。凡人衰老的感觸，大都就秋物衰敗，而引起感興；這裏獨從春花春草的新艷榮盛而起，與一般的寫法不同。

其中「盛衰各有時」一句，可說是作者從宇宙間的種種現象，參悟出一句富有哲理意味的話。就拿草木來說，春生夏長秋實冬落，盛衰各有其時。又如月亮先由又彎又細的新月，漸漸盈滿，到了每月十五最圓最美，過此又漸由圓滿而殘缺了。「人生」也是這樣，由無知的嬰孩，日日生長，成爲天眞的兒童，活潑的少年；變成體壯貌美快樂有幹勁的青年，而後進入學養成熟事業蒸蒸日上的中年，而後人的體力漸衰，姿貌漸老。所以說「盛衰各有時」，令人警惕。人如不能把握青年、中年時期，充沛的精力，成熟的學養，去立言立功；只恐盛年一過，轉眼老去；這時卽欲建功立業，亦無能爲力矣。所以孔子說：「後生可畏。」又說：「三十四十而無聞，亦不足畏矣。」

東城高且長，逶迤自相屬。迴風動地起，秋草萋已綠。四時更變化，歲暮一何速。晨風懷苦心，蟋蟀傷局促。蕩滌放情志，何爲自結束。燕趙多佳人，美者顏如玉。被服羅裳衣，當戶理清曲。音響一何悲，絃急知柱促。馳情整中帶，沈吟聊躑躅。思爲雙飛燕，銜泥巢君屋。

據後人考證，認爲這首詩上說「秋草」，下說「蟋蟀」，中又說「歲暮」，所以認爲也是漢武帝太初元年改曆前的作品。

這首傷歲月飛逝，須及時縱情求愛。先寫東城又高又長，連接不斷，這時有一陣旋風從地面颳起，吹動了又盛又綠的秋草，他才覺得季節改變，很快又到了歲暮。「一何」二字，有令人「始驚其速」之感。「晨風」、「蟋蟀」二句，諒係採用《詩・秦風・晨風》：「未見君子，憂心欽欽，」（晨風，鳥名）；〈唐風・蟋蟀〉：「好樂無荒，良士瞿瞿（勤謹貌）」二詩的含義，來抒發他的情志；或說以此兩句象徵作者驚覺歲暮時的心境；或說是由於詠歌周詩，而感到〈晨風詩〉所寫的憂傷情懷，〈蟋蟀詩〉所寫對生活態度的拘謹，都是不必要的；或說因到了歲暮，作者感觸又虛過了一年，卻未遇所愛（或明主），因而滿懷憂苦，正如〈晨風詩〉所寫的，又不能及時行樂，徒自局促，正如〈蟋蟀詩〉所寫的。不管前人對這兩句詩有多少種解釋，但都是在加強下文的意思。所以他說應該蕩滌憂思，放縱情志去追尋吧，不要再拘束自己了。所以接着描寫「燕趙多佳人」，貌美如玉，以及她的服飾與彈瑟的情形。又寫她彈的曲子那麼悲傷，是由於柱促絃短，而致調高聲悲。既看到她容貌的美麗，曲子又彈得感人，因此不禁心動情馳，想前去認識她。我們知道凡是愛上一個人，總想能討她喜歡，因此許多人在戀愛時候，總刻意修飾儀容，講究服飾。這裏「馳情整中帶」寫的正是這種微妙的行動與心理。但在他要前去時卻又沈吟不前；這原因有三：第一是受禮教的約束，第二或因缺乏勇氣，第三或因害羞心理，因此形成了「欲前不前」的現象。「沈吟聊躑躅」，描寫的正是這種微妙的心理與行動。因爲不敢前去，最後只有訴之文字，來表示愛慕之情了：說他很想跟她結爲一對雙飛雙棲的燕子，一起銜泥造窩在她的屋子裏。作者將一個墜入情網中的青年的心理，非常細膩有味的描寫了出來。這種癡情在今天仍然可以見到。

驅車上東門，遙望郭北墓。白楊何蕭蕭，松柏夾廣路。下有陳死人，杳杳即長暮。潛寐黃泉下，千載永不寤；浩浩陰陽移，年命如朝露。人生忽如寄，壽無金石固。萬歲更相送，聖賢莫能度。服食求神仙，多爲藥所誤。不如飲美酒，被服紈與素。

上東門，洛陽城門名，西漢已有。洛陽北邙山，爲漢人墓場之所在，多古陵墓。由驅車上東門，遠遠望見郭北的墳墓，白楊蕭蕭，松柏夾道，墓下面都是死了很久的人，靜靜安睡在黃泉下，永遠再不會醒過來（言死者不能復生），而悟到生死之道：陰陽二氣不斷移轉，時光不斷流逝，而我們的生命短暫像早晨的露珠，人生在世像寄居逆旅中，而且千萬年來都是生人送死人，就是聖賢也無法逃此大限（言生者無不死），胡亂求仙服藥，反多因此喪生（言人不能長生不死）；倒不如在世時吃好穿好的，享受快樂。這首文字非常平白，只是用「口頭語」談生死問題，想喚醒人求名求仙的迷夢，有及時行樂意。「不如飲美酒，被服紈與素」，觀點雖極平凡，卻也確當。

去者日以疎，來者日以親。出郭門直視，但見丘與墳。古墓犁爲田，松柏摧爲薪。白楊多悲風，蕭蕭愁殺人。思還故里閭，欲歸道無因。（來，《文選》李善注本作「生」。）

這首是久客思歸之作。李周翰說：「去者謂死也；來者謂生也。不見容貌，故疎也；歡樂終日，故親也。」由出郭直視，但見丘墳，寫出時時刻刻都有人過世，產生新墳。但大家懷念「死者」的感情卻日見疏遠，就是這些墳墓到後來也難保全；所以那些古墓都已被犁爲農田，松柏也被砍做柴薪。因此觸動他想趁早回鄉的念頭，也許還有些家人親友幸未盡死去，可與之相親。但無奈歸思雖切，卻仍無法回去。此詩說盡羈旅異鄉欲歸不得的苦況。結尾「無因」二字，已把無法回鄉的原因盡括其中，所以爲妙。如缺乏旅費，如讒臣在朝，如戰亂阻途，如國破家亡，都可以使人流落異鄉，而無法回去。「蕭蕭」兩字，用在古人的作品中很多，如「蕭蕭馬鳴，悠悠旆旌。」描寫出師整暇的情狀；荆軻說：「風蕭蕭兮易水寒，壯士一去兮不復還。」寫出天地愁慘之狀，壯士視死如歸之情，都極適當；「白楊多悲風，蕭蕭愁殺人」，用寫墳墓之間，白楊悲風，尤爲親切。（見張戒歲寒堂詩話）

生年不滿百，常懷千歲憂。晝短苦夜長，何不秉燭遊？爲樂當及時，何能待來茲。愚者愛惜費，但爲後世嗤。仙人王子喬，難可與等期。

勸人不必爲子孫懷憂，應及時遊樂。這首詩起頭四句極有創意，後來成爲膾炙人口的名言。人人都知道自己「年不滿百」，卻常「憂及千載」，爲子子孫孫作牛作馬，一面拼命工作賺錢，一面卻捨不得自己花用，省吃儉穿，留下大把財產供子孫恣意揮霍。像這樣的守財奴，現在也還多得是。這不但旁人要嗤笑他愚蠢，就是他的兒孫在揮霍亂花時候也會笑他。作者說：「愚者愛惜費，但爲後世嗤」。我們壽命無法與仙人王子喬相比，所以認爲應及時遊樂才對。這首詩的好處，是作者非常深刻地透視一般人的人生觀，只知爲後代打算，然後以曠達的話，喚醒世人的這種迷夢。

凜凜歲云暮，螻蛄夕鳴悲。凉風率已厲，遊子寒無衣。錦衾遺洛浦，同袍與我違。獨宿累長夜，夢想見容輝。良人惟古懽，枉駕惠前綏。願得常巧笑，攜手同車歸。既來不須臾，又不處重闈。亮無晨風翼，焉能凌風飛？眄睞以適意，引領遙相睎。徙倚懷感傷，垂涕沾雙扉。（呂延濟說：「洛浦宓妃，喻美人也，同袍，謂夫婦也。」綏，車索，上車時借力用。晨風，鳥名」。）

這首詩大抵是潦倒異鄉，而思其妻的作品。首敍歲暮，螻蛄夜鳴，涼風凛厲，而感己潦倒他鄉，天寒無衣。接着想起從前因將「錦衾贈美人」，妻子跟自己鬧翻離開。現在我長夜獨宿，夢想妻子。在夢中妻子對我的舊情未忘，屈駕前來，接我回去。我也盼望今後能常常看到她歡樂巧笑，打算跟她攜手同車，一起回去。把夢中情景寫得非常纏綿恩愛。但因是「夢」，所以她來了不久，又不肯留下來，就要走了。於是夢也就醒了，可是我還癡想：她「亮無晨風翼」，又「焉能凌風飛」走了，剛才相見也正合我意；現在她走了，我引頸遙望，已渺無人影，遂不禁徘徊傷心，涕落雙扉。劉熙說：「婦人稱夫曰良人。」因此，前人多從「棄婦思夫」的觀點來分析這一首詩。其實這裏的「良人」，是由《詩．唐風．綢繆》：「今夕何夕，見此良人」，《毛傳》：「良人，美室也。」來的，用稱「妻子」，不是稱丈夫。這首詩多用《詩經》中語，寫境極幽奧，迷離恍惚，半醒半夢，反覆諷詠，淒迷欲絕。張庚說：這詩之妙，正在醒後一段的無賴感傷之情。

孟冬寒氣至，北風何慘慄。愁多知夜長，仰觀衆星列。三五明月滿，四五蟾兔缺。客從遠方來，遺我一書札。上言長相思，下言久離別。置書懷袖中，三歲字不滅。一心抱區區，懼君不識察。

這首寫閨怨。先描寫冬夜寒冷，北風慘慄；她卻因丈夫久遊不歸，心懷愁思，不能成眠。冬天本自夜長，今因愁多失眠，更覺長夜難挨；「愁多知夜長」一句，體情入微，好極了。又寫她仰觀夜景，只見滿天繁星，一輪缺月。十五月圓，二十月缺，正象徵着愛情常由美滿而殘缺。這時，她想起從前「客從遠方來」，帶來你給我的一封書。你在這信的前半說：你永遠想念我！後半說：還要經一段很久別離，你就會回來。我將這信寶藏在懷袖中，已經三年，你寫的字還在。我這種珍惜此信的心理，只怕你不會識察了解吧！寫她的丈夫在寄來一封信後三年了，人不回來，信也沒有，也許他早已忘記這句「長相思」的話；而她對信中這句話卻珍惜得很，隨身攜帶，時時再看；寫「情」再沒有比「置書懷袖中，三歲字不滅」這兩句，更爲深厚溫柔了。這首詩雖未言「怨」，卻已將「深怨」寄託其中，情深意曲，愈味愈深。陸時雍說：「末四語，深於造情；古人善造情者，如身履其境而經其事」也。

客從遠方來，遺我一端綺。相去萬餘里，故人心尚爾。文綵雙鴛鴦，裁爲合歡被。著以長相思，緣以結不解。以膠投漆中，誰能別離此？

這首是覆謝人贈綺的詩，並寄相思之情。寫朋友相知，不以路遠有間，還託人帶給我一端細綾。「相去萬餘里，故人心尚爾」，表示他感激之情，驚喜相隔那麼遠，情誼還是如此深厚不變。接着由「文綵雙鴛鴦」的美麗與含意，細細擬想，如何裁爲「合歡」被；如何在被裏加棉，取「相思」綿綿的意思；又如何在被緣縫線，取友情連「結不解」的意思。最後結語說：我們的情誼，好比膠投漆中，誰能分開！全詩寫可貴的友情，雖隔萬里，也不會改變，而時常爲念；這是多纏綿濃厚的感情。作者在詩中，嵌進「合歡」、「長相思」、「結不解」等等情語，暗示希望對方回來相聚，共被同眠之意。文字自然空靈而蘊藉。

明月何皎皎，照我羅牀幃。憂愁不能寐，攬衣起徘徊。客行雖云樂，不如早旋歸。出戶獨彷徨，愁思當告誰？引領還入房，淚下沾裳衣。

此詩寫作客異地，思念故鄉之情。全詩寫其過程：由月光照牀，引動鄉愁，使人不能成寐，穿衣起而徘徊。徘徊時想到客遊就是快樂，也不如早日回鄉好。何況客遊愁多於樂。因爲無法排遣愁情，更出戶徘徊，對影寂寥，更感孤獨，無限愁思也無處可訴（不如在家有了憂愁，可向妻子家人訴說）。於是想到歸鄉，就「引領」遠望；想想還是無計可還鄉，只好「還入房」，感傷之極，終至淚下沾衣。一節緊過一節，讀來眞是愁情滿紙。李白〈靜夜思〉詩：「牀前明月光，疑是地上霜。舉頭望明月，低頭思故鄉。」諒由此變出。

我讀了古詩十九首，覺得每一首都是極好極平易極自然的作品。這些詩人只用一兩句極平常的話，就能將他的悱惻纏綿的情感表現了出來，而且都含有深遠的情味意致在內。胡應麟說：「畜神奇於溫厚，寓感愴於和平，意愈淺愈深，詞愈近愈遠。」鍾惺也說：「古詩之妙在能使人深思；可是其情性光燄，卻有一段千古常新不可磨滅處。」這些古詩的結語，尤其精神，大都是透過人情事理寫出來的不朽的好句。

（民國六十五年九月《幼獅月刊》第四十四卷第三期）

古詩十九首的時代問題

在沒有研究漢朝古詩十九首的作者與時代問題以前，我們先來看看六朝人對古詩這個詞的「時代」觀念。

(1)摯虞所謂古詩，就是指周詩三百首而言。摯虞〈文章流別論〉說：「古之詩有三言、四言、五言、六言、七言、九言。古詩率以四言爲體，而時有一句、兩句雜在四言之間，後世演之，遂以爲篇。」他所舉的各言的例子，都是出自《詩經》。

(2)劉勰所謂古詩，指兩漢的五言詩，時代稍早，而包括有名氏的作品在內。劉勰《文心雕龍。明詩篇》說：「古詩佳麗，或稱枚叔；其〈孤竹〉一篇，則傅毅之詞；比采而推，固兩漢之作乎。」枚叔就是枚乘，西漢惠、景時人。傅毅東漢初人。

(3)蕭統、徐陵二家所謂古詩，專指兩漢無名氏的五言作品。如《昭明文選》所收古詩十九首；徐陵《玉臺新詠》所收古詩八首、又無名人古詩爲焦仲卿妻作一首是。不過他們編詩的次序，都是依據作品時代先後而定。《文選。序》說：他編詩賦「以類分，類分之中，各以時代相次」。蕭統將十九首編在李陵詩前，大概他所認定的時代也不會太後吧。李善注以為「辭兼東都」。此說未必可信（請參閱下文的考證）。徐陵將古詩〈上山採蘼蕪〉等八首，編在卷一第一篇，在古樂府和枚乘雜詩前；可是無名人古詩為焦仲卿妻作一首，卻編在卷一最後。同是無名氏作品，一在前，一在後；原因是焦仲卿一首是建安時作，所以編在最後；至〈上山採蘼蕪〉等八首，他可能認為時代很早，所以編在前。

(4)鍾嶸所謂古詩，也是指漢無名氏的作品。他在《詩品．序》中說：「古詩眇邈，人世難詳，推其文體，固是炎漢之製，非衰周之倡也。」也可能當時有人認為有些古詩是周末的作品，所以鍾氏才有此說。又說：他的《詩品》「所錄，止乎五言」，而「一品之中，略以世代為先後」；他列古詩在上品卷首，漢都尉李陵之前；並且說：「古詩，其體原出於〈國風〉，陸機所擬十四首，文溫以麗，意悲而遠，驚心動魄，可謂幾乎一字千金；其外〈去者日以疏〉四十五首，雖多哀怨，頗為總雜；舊疑是建安中曹、王所製：〈客從遠方來〉〈橘柚垂華實〉，亦為驚絕矣；人代冥滅，而清音獨遠，悲夫！」十四首加四十五首，再加〈客從遠方來〉〈橘柚垂華實〉，共六十一首。據此，可知當日鍾氏所見到無名氏的古詩很多。這些古詩的時代悠遠難詳，有部份作品前人疑為建安時曹植、王粲所作。但他在分別評論各家作品時，又說：「魏文學劉楨，其源出於古詩。」「魏倉曹屬阮瑀……詩平典，不失古體。」劉楨、阮瑀與王粲、曹植為同時代人，除曹植外，都卒於建安時。由此，可知在鍾嶸的心目中，古詩的時代是遠比建安為早，

「漢、魏是有別的」。

由以上各家的說法，我們對古詩的時代性可以得到一個結論：就是六朝人一般所謂「古詩」，都是指兩漢五言詩而言，以無名氏作品爲主，間指有名氏，像枚乘、傅毅等人作品，時代都比較早；而《文選》、《玉臺》所選的，似乎多用稱西漢人作品；所以後代人稱「漢、魏詩」，漢詩大都指古詩十九首，枚乘、李陵、蘇武諸人及其他無名氏的作品，魏詩指漢建安及魏黃初時三祖，陳思，七子之作。現在將漢古詩分爲一、古詩十九首及枚乘雜詩。二、其他無名氏古詩兩部份來討論：

一、古詩十九首和枚乘雜詩

古詩十九首，收於《昭明文選》卷二十九。枚乘雜詩九首收於《玉臺新詠》卷一，中除〈蘭若生春陽〉一首外，其他八首，都見十九首中。十九首中又〈冉冉孤生竹〉一首，劉勰說是東漢傅毅所作。這二十首古詩，六朝人擬者極多。總計歷代所擬，則不下千百家。所以這裏歸在一類來討論。現在將它的篇目列表如下：

篇目 ＼ 選集名及擬作者	昭明文選古詩十九首	玉臺新詠枚乘作九首	晉陸機所擬十四首	宋劉鑠所擬	備註
(1) 行行重行行	√	√	√	√	
(2) 青青河畔草	√	√	√	√	宋荀昶、鮑令暉、齊王融、梁武帝、昭明太子都有擬作
(3) 青青陵上柏	√		√		鮑照有擬作
(4) 今日良宴會	√		√		
(5) 西北有高樓	√	√	√		
(6) 涉江采芙蓉	√	√	√		
(7) 明月皎夜光	√		√		何偃有擬作
(8) 冉冉孤生竹	√				劉勰說這首是東漢初傅毅作
(9) 庭中有奇樹	√	√	√		
(10) 迢迢牽牛星	√	√	√		
(11) 廻車駕言邁	√		√		陸機作〈遨遊出西城〉，卽擬此首
(12) 東城高且長	√	√	√		

⒀	驅車上東門	√		√		陸機作〈駕言出北闕行〉，卽擬此首
⒁	去者日以踈	√				
⒂	生年不滿百	√				
⒃	凜凜歲云暮	√				
⒄	孟冬寒氣至	√			√	
⒅	客從遠方來	√				晉謝惠連、宋王叔之、鮑令暉有擬作
⒆	明月何皎皎	√	√	√	√	
⒇	蘭若生春陽		√	√		

古詩十九首和枚乘雜詩，現代考據學者、文學史家對他們產生的時代，大都認爲在東漢或建安，而否定有西漢人及枚乘的作品存在。所以有這種結論，蓋前人對古詩十九首時代及作者問題，有過種種懷疑的說法，現代人大都採襲這些舊說，鋪陳成篇。所以我們要探討十九首及〈蘭若生春陽〉的時代問題，在「人代冥滅，悠遠無踪」可尋的今天，只有先就前人的「疑說」來探究它能不能成立?然後再進一步就古詩的「內容與風格」方面，考索它們的時代。現在，將歷代各家的疑說分析考證如下：

㈠李善注《文選》古詩十九首說：「古詩，蓋不知作者。或云『枚乘』，疑不能明也。詩云：『驅車上東門。』又云：『游戲宛與洛。』此則辭兼東都，非盡乘作明矣。昭明以失其姓氏，故編在李陵之上。」「游戲宛與洛」，爲〈青青陵上柏〉篇內句。李善注阮籍〈詠懷詩〉引河南郡（洛陽）圖經說：「東都有三門，最北頭有上東門。」又〈青青陵上柏〉注：「《漢書》南陽郡有宛縣；洛，東都也。」李善的意思，以爲洛陽是東漢京都，上東門是東漢洛陽的城門名；因此認爲〈驅車上東門〉、〈游戲宛與洛〉這二首是東漢人作的；所以說：「辭兼東都，不全是枚乘一人作品。」後人多因李善的說法而推衍，或引張衡〈南都賦〉說：「南陽者，眞所謂漢（指東漢）之舊都者也。」說明宛縣也是東漢重要都會。或說「兩宮」「雙闕」，亦似東京語（見《藝苑叢談》）。或說：「〈游戲宛與洛〉篇內所寫『洛中何鬱鬱，冠帶自相索。長衢羅夾巷，王侯多第宅。兩宮遙相望，雙闕百餘尺。』明寫東漢洛陽的繁盛。西漢絕無此景象。」（見《中國之美文及其歷史》一一二頁）。更推而廣之，否定西漢有〈古詩十九首〉之類的作品。

由以上一段的文字，可以知道李善這個注文對於「後人對古詩的看法」有很大的影響。可是李善這個注的本身有許多問題：

1.他所舉的〈驅車上東門〉〈游戲宛與洛〉這兩首，都不是枚乘的詩（請參閱前面所附〈古詩十九首與枚乘雜詩關係表〉）。

2.何以西漢人不能游戲宛、洛？必東漢人才能暢遊洛陽、宛縣。這個見解實在淺薄不通。

3.洛陽，原是周朝舊都，秦嘗因周人的城郭宮闕而增建。《括地志》：「洛陽故城內，有南宮、北宮，秦時有之。」《輿地志》：「秦時已有南、北宮。」蔡質《漢官典職》：「南宮至北宮，相去七里。」《史記》、《漢書．高帝紀》記載：漢高祖五年，初定天下時，「嘗置酒於雒陽南宮」大宴羣臣，並「欲長都雒陽，後聽劉敬（《漢書》作婁敬）說，及留侯勸，始入都關中（長安）。」洛陽，早就是王者的閭里，城內宮殿廟堂，到東漢末，董卓之亂時，才化爲灰燼。至建安中，曹植送應氏詩，還感歎洛陽的荒涼未復。宛縣，是兩漢南陽郡治所在，春秋以來的名都。如《史記》卷八〈漢高祖本紀〉說：「陳恢見沛公（劉邦）曰：『宛，大郡之都也，連城數十，人民衆，儲蓄多。』」宛、洛，都在今河南省內，一個是在南的名城，一個是在北的舊都；因此西漢人作詩，稱「游戲宛與洛」，也是頂自然的事。至於寫洛陽城中：「長衢羅夾巷，王侯多第宅，兩宮遙相望，雙闕百餘尺」，自亦順理成章，符合當日的歷史與地理的背景。若說是建安時曹、王所作，反而不符了。

4.「驅車上東門」一句：上東門是洛陽城門名，是不錯的。但是這個城門，早在西漢高帝立國之初就已經存在。西漢賈誼〈請封子弟疏〉說：「高皇帝……擇良日，立諸子，雒陽上東門之外，畢以爲王，而天下安。」疏見《漢書．賈生傳》。上東門既是西漢初已有之城門名；西漢人作詩寫到「上東門」，又有甚麼不可以呢？

根據以上四點，可以證明李善所謂「此則辭兼東都」之說，實難成立。近人更引李善錯誤的注語，當作鐵證，可說更是不察至極了。

㈡宋洪邁《容齋隨筆•五筆》卷十四〈李陵詩〉說：「予觀李詩云：『獨有盈觴酒。』『盈』字，正惠帝諱。漢法觸君諱者有罪。」顧炎武《日知錄》卷二十三，據唐憲宗時禮制，提出已祧不諱之說。他認爲「已遷之廟不諱」，「在七世之內」要諱；他舉例說：「孝惠諱盈，《說苑•敬愼篇》引《易》『天道虧盈而益謙』四句，『盈』字皆作『滿』；在七世之內故也。班固《漢書•律歷志》『盈元』『盈統』『不盈』之類，一卷之中，字凡四十餘見（不諱），已祧故也。」又說：「若李陵詩：『獨有盈觴酒。』枚乘詩：『盈盈一水間。』二人皆在武、昭之世，而不避諱，又可知其爲後人之擬作，而不出於西京矣。」梁啓超說：「漢制避諱極嚴，犯者罪至死，惟東漢對於西漢諸帝，則不諱。」（見《中國之美文及其歷史》頁一一三）

按：明王世貞《藝苑卮言》卷二說「臨文不諱」。周嬰《卮林》卷四李陵詩一則，曾就「臨文不諱」作過極詳盡的考證，而反駁洪邁之說。現將他的考證，抄錄如下：

景盧（洪邁字）乃以「盈觴」字，定其非出李手，狹之甚也。尋西京著述，漢帝之名，往往布流，而「盈」字最多。韋孟〈在鄒詩〉曰：「祁祁我徒，戴負盈路。」枚乘詩又曰：「盈盈樓上女。」古〈陌上桑〉曰：「盈盈公府步。」古詩曰：「馨香盈懷袖。」〈薄昭與淮南王書〉：「臣怙恩德驕盈。」《淮南子》曰：「今有旨酒以合歡，爭盈酌之間反生鬥。」又曰：「沖而徐盈。」他不能悉舉也。《大戴禮》曰：「秦王怨世盈世。」又曰：「畢戈田獵之得，不以盈官室也。」王褒〈九懷〉曰：「美玉兮盈堂。」〈鹽鐵論〉曰：

「天地不能兩盈。」《說苑》曰：「無以富貴驕盈。」又引：「孔子曰：『日中則昃，月盈則食，天地盈虛，與時消息。」聖人調其盈虛，故能長久。」揚雄〈解嘲〉曰：「觀雷觀火，爲盈爲實。」〈河東賦〉：「發軔於平盈。」〈法言〉曰：「久而愈盈。」《漢書。律曆志》屢稱「盈」「不盈」。〈溝洫志〉頻言「河盈溢」。〈敍傳〉曰：「監世盈虛。」又曰：「武安驕盈。」漢世不諱「盈」字，可歷言矣。

高祖創業，諱尤宜嚴。而韋孟〈諷諫詩〉曰：「總齊羣邦。」曰：「王赧聽譖，實絕我邦。我邦既絕，厥政斯逸。」〈在鄒詩〉曰：「寤其外邦。」「曰於異邦。」劉向〈九歎〉曰：「余思舊邦。」曰：「歸骸舊邦。」曰：「念予邦之橫陷。」曰：「哀故邦之逢殃。」〈刑法志〉稱「新邦」「平邦」「亂邦」，而〈敍傳〉曰：「邦家和同。」

不獨此也。文帝諱「恆」。《史記。天官書》曰：「壬癸恆山以北。」《漢書。外戚傳》：「立恆山王弘爲皇帝。」

景帝諱「啓」。《大戴禮》引詩亦作「東有開明」，而〈帝繫〉乃曰：「啓其左脅。」〈夏小正〉曰：「啓灌藍蓼。」啓者，別也。鄒陽〈酒賦〉曰：「方金未啓。」曰：「綠瓷既啓。」《淮南子》：「不遑啓處。」曰：「商鞅之啓塞。」曰：「啓攻有扈。」曰：「榮啓期一彈，而孔子三日樂感於和。」王褒〈九懷〉曰：「啓匱兮探筴九懷。」〈文紀〉曰：「夏啓以光。」〈武帝詔〉：「見夏后啓母不。」〈天文志〉有：「啓明星。」〈藝文志〉：「孔子弟子漆雕啓。」若《說苑》稱「黃帝西向啓首。」案：「稽」讀如「啓」，此處，正宜爲「稽」，而翻作「啓」，豈故觸諱也。武帝諱「徹」，《漢書》旣稱避曰「通侯」。而仍書「二十徹侯，徹侯金印紫綬。」《淮南子》：「天下糜動，螘動雲徹。」又曰：「鼚鼓而食，奏雍而徹。」又曰：「徹於心術之論。」《大戴禮》曰：「太子有司過之吏，有徹虧膳之宰。過書而宰徹去膳，不徹膳則死。」〈匈奴傳〉：「揚雄曰：雲徹而席卷。」

昭帝諱「弗陵」，《漢書・朱買臣傳》：「買臣故陵折之，見張湯，坐牀上，弗爲體。」〈宣帝詔〉：「今百姓上書，多觸諱以犯罪者，朕甚憐之，其更諱『詢』。」（燊案：宣帝原名「病已」）。是以《漢書》易《荀卿書》爲《孫卿子》。而〈司馬相如傳〉載：「其書曰：詢封禪之事。」

「奭」字，元帝諱。而〈藝文志〉：「鄒奭子十二篇。云齊人，號曰雕龍奭。」〈竇嬰傳〉曰：「有如兩宮奭將軍。」

驁者，成帝諱；而〈田蚡傳〉：「諸公稍自引而怠驁。」〈大人賦〉：「低卬天蟜以驕驁。」

長卿之作：雖在宣、成前；然班史操觚，亦宜稍變其字；今皆不然。固知「臨文不諱」，漢代所同。何獨於「盈觴」而疑之。

由周嬰這段考證，可以知道洪邁的說法是不能成立的。就是顧炎武「已祧不諱」及「七世之內諱」，這種用唐禮推測漢制之說，自然無法取徵；而且顧氏又未深考西漢人的著述，以致有這種錯誤之說。如：文帝時〈薄昭〉，景帝時〈韋孟〉，武帝時劉安《淮南子》，宣帝時戴德《大戴禮》、王褒，昭帝時桓寬〈鹽鐵論〉，成帝時劉向《說苑》，都是在惠帝七世之內，結果都未避諱。至韋孟距高帝不過二三世，武帝時司馬遷作《史記》，距文帝也不過中隔一代；景帝時，鄒陽是當代人，不避君諱；武帝是景帝兒子，下詔也不避先君諱。其他諸人的不諱，更不必一一詳加解說了。可見漢朝「臨文不諱」，正如王、周二家所說的。至於梁啓超「惟東漢對西漢諸帝不諱」的臆想，勿庸再辨，就可以知道是錯誤的。

「臨文」可以「不諱」，所以枚乘詩有「盈盈」，李陵詩有「盈觴」之語。從當日有這許多著述不諱「盈」字的現象看來，反而可以更有力地旁證它們是西漢的作品。

㈢劉勰《文心雕龍．明詩篇》說：「古詩佳麗，或稱枚叔。」近人對這個說法，覺得懷疑，以爲不可信。

按：《文心雕龍》成書在齊和帝間（西元五〇一）。劉勰說：枚乘作，這一定有所依據，不會本來是無名氏的，而憑空給按上一個「枚乘」的名字。而且別集創於東漢，盛於齊梁。總集在劉勰以前已經流行的，有晉摯虞《文章流別志》六十卷，李充《翰林論》五十四卷，宋劉義慶《集林》二百卷，東晉《謝靈運詩集》五十一卷，宋張敷、袁淑《補謝靈運詩集》一百卷，宋明帝撰《雜詩》七十九卷等。這些總集，我們現在都看不到；可是劉勰時代，都可以看到。因此，我們可以相信劉勰的說法是有根據的。不過由於他用「或稱」兩字，這可能表示在劉勰時代裏，關於古詩作者的問題，還有一種說法，是將他歸在無名氏之列的。昭明太子編《文選》，大概是採取了這種說法，所以十九首總題爲「古詩」，而不題作者姓氏。後來徐陵編《玉臺新詠》，可能另見到有力的根據，所以才肯定標示作者爲「枚乘」。我想這可能跟梁阮孝緒《七錄》有關係。

按：阮孝緒《七錄。序》（梁普通四年——西元五二三）說：「齊末兵火，延及祕閣；有梁之初，缺亡甚衆。」又說：「每披錄內省，多有缺然。」又說：「其遺文隱記，頗好搜集。凡自宋、齊已來，王公縉紳之館，苟有蓄積墳籍，必思致其名簿。凡在所遇，若見若聞；校之官目，多所遺漏。遂總集衆家，更爲新錄。」（序今收於《續古文苑》卷十一，原出《廣弘明集》。）《隋書。經籍志》附載「梁七錄有漢弘農都尉枚乘集二卷」。梁昭明太子編《文選》在「齊末兵火」後，或限於當時東宮所藏書，沒有《枚乘集》，不能直接據之；或有《枚乘集》，又是在阮孝緒所說的「致其名簿……校之官目，多所遺漏」的集子內。所以昭明雖能因美而選出這些好詩，卻不能標出作者的姓氏，只好「付之缺如」。《文選》所選作品，終於梁徐敬業（登琅邪城詩）。敬業卒於普通五年（西元五二四）；《文選》編成時代，當在阮孝緒《七錄》流傳之前。而徐陵因爲時代比較後（徐陵卒於陳後主至德元年——西元五八三）或能據《七錄》，而直接讀到《枚乘集》，所以能確定爲「枚乘雜詩」，而不用「或稱」之語了。

(四)梁鍾嶸《詩品・序》說：「自王、揚、枚、馬之徒，詞賦競爽，而吟詠靡聞。」按：《漢書・藝文志》著錄〈枚乘賦〉九篇，〈枚皋賦〉百二十篇。近人注《詩品》，有人說枚是枚皋，有人說是枚乘。但我認爲鍾嶸是跟昭明太子情形一樣，根本未曾讀過《枚乘集》，所以有此論說。鍾嶸《詩品》，據《南史》本傳說，「沈約卒後作」。沈約卒於梁武帝天監十二年（西元五一三），下距阮孝緒編七錄（西元五二三），相隔九年。他寫《詩品》時，當然未曾見到《七錄》上著錄《枚乘集》也。

(五)清錢大昕說：「枚叔，班史不言有五言詩。」(見《十駕齋養新錄》卷十六，七言在五言之前）而認爲「劉勰所謂『古詩佳麗，或稱枚叔』爲臆說。」陸侃如說：「《漢書・藝文志》及〈枚乘傳〉只稱他的賦，未及他的詩。」（見《中國詩史》中册頁二七五）。是從錢說推衍出來。章學誠《校讎通義》十五之九說：「漢志詳賦而略詩。」按：這和西漢的時代背景，文學潮流有關。西漢幾個帝王都喜愛「辭賦」一類的文學，文士爲求利祿功名，競作辭賦，侍制諛主，歌功頌德，粉飾盛世，因此辭賦成爲當日文學的主流。宣、成之世，進御之賦，千有餘首。作者多，讀者多，也受史學家的重視。《漢書》、《史記》載賦，特爲詳備，原因在此。至於詩篇，除樂府所收的一些歌詩，成帝加以品錄之外；其餘篇什，如非事關朝章國故，史策不載；個人抒懷作品，極少入傳。《漢書》載錄枚乘、班婕妤賦，不載枚乘、李陵、蘇武、班婕妤五言詩，正是當日的風氣使然。錢氏等這點看法，並不足以證明枚乘等人沒有作五言詩。

㈥近人的懷疑：文學史家對於〈古詩十九首〉及枚乘〈雜詩〉，因為有上述種種疑說存在，不能解決；又由於枚乘是景帝時人，前後時代那些有名的文人，如司馬相如、王褒、揚雄都沒有這樣完美的五言作品，因此更加懷疑。鍾嶸《詩品・序》論述兩漢五言詩的作者僅李陵、班婕妤、班固數人而已。因此他們認為枚乘時興起的五言詩，到李陵以後，為甚麼中斷了百年（事實上僅六十餘年）？然後才有班婕妤一人；東漢二百多年，又只有班固那樣質樸無文的作品；一直到東漢末建安時代，才又興盛了起來。他們認為這在文學的發展的公例上，是不大合理的事。明人許學夷《詩源辨體》早已提出「班固〈詠史〉，質木無文，當為五言之始；蓋先質木，後完美也。」近代人梁啓超、陸侃如、劉大杰，就抄襲其說，鼓吹成風。對於原屬西漢人的五言，有名氏的就都把他們算作東漢，甚至齊梁的偽作，專去找些有利於證明這種觀點的證據，也不深考這些觀點能否成立，是否合理，一古腦兒鈔進著述來張大聲勢。如上述所舉的各點，都是這種情形下，分見於各文學史，各考證五言詩的論文中。對於無名氏的古詩，剛好鍾嶸說過：有部份「舊疑是建安中曹、王所製。」（見《詩品》卷上古詩）。李善說：「辭兼東都。」於是像古詩十九首之類，就全移到東漢或建安去。像梁啓超認為是「東漢安、順、桓、靈間的作品，正是將亂未亂，極沈悶不安的時代裏產物。」（見《中國之美文及其歷史》第一一四頁）。劉大杰以為是「東漢末葉大亂時代人民思想與情感的表現。」（見《中國文學發展史》上册一四八頁）。

但從前面各點的考證，可以知道前人所懷疑的各點是不存在的，問題已經解決了一大部份。

至於近人的從文體發展的常則——所謂每一種文體的發展，必須經過濫觴、醞釀、成熟、變化、衰落各時期來看漢五言詩的發展，大體上也不違背這種的過程。五言詩濫觴於《詩經》，這是過去文學批評家所共認的；到了西漢初已有整首五言詩，如虞姬的〈和項王歌〉，戚夫人的〈永巷歌〉是。從此發展下去，是不難有優美成熟的作品。漢世五言，據摯虞說：「俳諧倡樂多用之」（見《文章流別論》），流行於歌謠樂府——由現存的樂府歌辭相和歌辭遺留下來的五言之多，可以測知。虞姬、戚夫人都是能歌善舞的人，她們作歌詩，用五言體，也一定是從民歌倡樂而來的。五言在民間當已醞釀了很久。到了枚乘（——西元前一四〇）時代，上距虞姬（——西元前二〇二），戚夫人（——西元前一九五），已達半世紀以上，又怎麼不能產生較完美的作品呢？由各種新文學的興起時代來看，也常有極傑出的作者，像楚屈原作《離騷》，晚唐五代的溫庭筠、韋莊、李後主的詞，金董解元的絃索〈西廂〉，元初關漢卿、馬致遠、白仁甫的曲子和雜劇，還不都是在這種新文體產生的初期，就大放異采，寫下震爍千古，為後人所難追蹤的作品。再說在西漢文、景、武、宣時代裏，既能有成熟完美的辭賦，如：賈誼的〈鵩鳥賦〉、枚乘的〈七發〉、司馬相如的〈子虛〉、〈大人〉、〈長門〉之類賦；又為甚麼不能產生像枚乘、無名氏、蘇武、李陵之類的古詩？甚至於連西漢末，班婕妤（西元前一八）作〈怨詩〉，也被懷疑為不可能？這種懷疑實在是毫無道理。班固是史學家，他的〈詠史〉詩，倫理教化，氣息太濃，作得質樸無文，這沒有甚麼可以值得奇怪。同時他的詩作得好不好，跟西漢人作得好不好，可以說沒有一點必然的關連。就拿〈古詩十九首〉來說，後代的名家擬者不下千百人，夠得上一半好的一個都沒有。我們能因此再把〈古詩十九首〉時代拉後吧?!至於同時代，有的人以詩名，有的人以賦著，各人的嗜好趨向不同，各種的成就也就不同了。在東、西漢賦爲文學的正統主流的時代裏，大家時興作賦，不時興作詩，辭家多，詩人少，也就是頂自然現象。建安時曹操父子倡導爲樂府歌詩，五言的興盛，因而取代了賦，這也是文學自然的發展。撇開這些不談，專談兩漢時代五言的作者，實際上也不少，就拿鍾嶸《詩品》來說，提到的共有九個，上品中有古詩、李陵、班婕妤，中品有秦嘉、嘉妻徐淑，下品有班固、酈炎、趙壹，序中提到的有「子卿雙鳧……五言之警策者也。」子卿，卽蘇武字。建安五言盛代，三品所列，也不過曹植、劉楨、王粲（以上上品）、曹丕（中品）、曹操、徐幹、阮瑀（以上下品）七人罷了。（其他何晏等人應歸入曹魏）。鍾嶸說：能「預此宗流者，便稱才子」。兩漢稍差的作者未被鍾嶸所羅列，當然也不會少的。因此，不在《詩品》之內，他的詩現在還流傳下來的，還有辛延年、宋子侯、傅毅、張衡、應亨、蔡邕……等人。其他無名氏的五言古詩、古樂府、民歌童謠，現存的也有六十多首。總計兩漢五言詩（建安除外）共有一百二十多首，源長流細，歷代都有。

由以上種種辨證，我們可以得到一個結論，就是從文學發展的常則來看，近代文學史家的說法，也是不能成立的——他們的錯誤：是由於主觀偏頗，而未作通盤的研究；是由於沿襲舊說，而不加縝密的考辨，因而產生這種錯誤的結論。

(七)從〈古詩十九首〉內容，研究它們的時代性：古詩〈明月皎夜光〉、〈東城高且長〉、〈凜凜歲云暮〉三首，詩中節令，可以證明它們是西漢武帝太初以前的作品。

1.〈明月皎夜光〉（見《文選》古詩第七）：

明月皎夜光，促織鳴東壁。玉衡指孟冬，衆星何歷歷。白露沾野草，時節忽復易。秋蟬鳴樹間，玄鳥逝安適？……

詩中寫明月的朗照，促織的夜鳴，白露的沾草，秋蟬的高吟，玄鳥（燕子）的飛逝，寫的都是秋景；「玉衡指孟冬」，節令卻是「春天」。過去人認爲是西漢武帝太初未改曆以前作品。李善注說：「《春秋緯運斗樞》曰：『北斗七星，第五曰玉衡。』上云促織，下云秋蟬，明是漢(漢曆)之孟冬，非夏（夏曆）之孟冬矣。《漢書》曰：『高祖十月至霸上，故以十月爲歲首。』（見〈張蒼傳〉）漢之孟冬，今之七月矣。」解釋得非常正確。古代曆法，代有不同。夏曆以正月爲歲首，正月爲寅月，故稱「建寅」，又稱夏正（現在所採舊曆法，就是夏曆）。殷以十二月爲歲首，十二月爲丑月，故稱「建丑」。周以十一月爲歲首，十一月爲子月，故稱「建子」。秦以十月爲歲首，十月爲亥月，故稱「建亥」。漢初承秦制，仍用秦曆。這種以十月爲歲首，九月爲歲暮的曆法，到武帝太初元年，才廢掉，改用夏曆。所以〈明月皎夜光〉這首詩中說的「孟冬」，正是夏正七月，恰是現在初秋時節，所寫的詩景正是秋景，不是冬景，正合當時的節令。據此，可以證明：這首詩一定是在西漢武帝太初元年（西元前一〇四）改曆之前產生的。

2.〈東城高且長〉(見《文選》古詩第十一,《玉臺》標爲枚乘作)

……廻風動地起,秋草萋已綠;四時更變化,歲暮一何速?晨風懷苦心,蟋蟀傷局促。……

3.〈凜凜歲云暮〉(見《文選》古詩第十六)

凜凜歲云暮,螻蛄夕鳴悲;涼風率已厲,遊子寒無衣。……

前一首,旣說「秋草」;下又說「蟋蟀」。蟋蟀,秋蟲也。《後漢書・襄楷傳》:「蟋蟀吟于始秋。」後一首,螻蛄,也是秋蟲,涼風是秋風。《禮記》:「孟秋之月涼風至。」這兩首所寫,明明都是秋天的景物,卻說「歲暮一何速」、「凜凜歲云暮」。可見這兩首也都是武帝太初前的作品。漢高帝至武帝太初元年間,以十月爲歲首;(秋)九月自可謂之「歲暮」矣。改曆後作者,如晉左太沖〈雜詩〉說:「秋風何冽冽,白露爲朝霜。」張景陽〈雜詩〉說:「秋夜涼風起,蛸蛚吟階下。」現在看來,就沒有這種景物與節令不符合的現象。

(八)今人逯欽立對〈明月皎夜光〉一首的異議。逯欽立在《漢詩・別錄》一篇的考證文字中,對古詩〈明月皎夜光〉一首,提出兩點意見。其中有一點是很重要的,我們不能不加以討論。他說:

李善蓋以此詩出於太初改曆以前。顧太初以前,雖以十月爲歲首,然其時春秋四時,並未更動。此有史、漢記載,可以覆案。(見《漢詩・別錄》)

他的意思,是說太初以前,雖然拿「十月」做一年「開頭」,但是四季名稱並沒有更改變動,春季仍然是正、二、三月，夏季仍然是四、五、六月，秋季仍然是七、八、九月，冬季仍然是十、十一、十二月。而《史記》、《漢書》的記載，可以證明。如果他這個說法能夠成立，〈明月皎夜光〉一首，李善注就發生問題。因此，我就去查證《史記》、《漢書》，結果，我發現只有《漢書》可以覆案。《漢書》記載，常作「冬十月」「春正月」「夏五月」「秋八月」之類。不過我們要注意一點，《漢書》作者班固是東漢人，在改用夏曆後，他的記法可能是依據東漢人用夏曆的觀念來記的。單由《漢書》可以覆案，還不能確定當日「四時沒有變動」的事兒。但是在《史記》幾篇漢帝〈本紀〉中，都很難覆案，因爲它僅有一兩個孤證，因爲《史記》記法，不是單記「月」，就是單記「時」。如：作「十月」，不作「冬十月」；作「夏」，不作「夏某月」。《漢書》記載「年、時、月」，大都是依據《史記》，又多半附上節令。如：《史記》作「十月」，到《漢書》就多作「冬十月」。《史記》作「夏」，《漢書》也作「夏」。但是可能有時班固因握有確實的月份資料，這時他就不沿用《史記》的記法了，而作「×月」。可是遇到這種地方，我們就可以發現他們的記載不同。現在將《史記》、《漢書》高、文、景三紀這類的文字作比較如下：

1. 《史記・漢高祖紀》：「十一年……夏，梁王彭越謀反，廢遷蜀，復欲反，遂夷三族。」
《漢書・高帝紀下》：「十一年……三月，梁王彭越謀反，夷三族。」
2. 《史記・孝文紀》：「高祖十一年春，已破陳豨軍，定代地。」

《漢書．高帝紀下》：「十一年冬，周勃道太原，入定代地。」

3.《史記．孝景紀》：「中三年……春……立皇子方乘爲清河王。」《漢書．景帝紀》：「中三年……秋九月蝗，有星孛于西北。戊戌晦日，有蝕之。立皇子乘爲清河王。」（晦，月盡也。）

從上面幾條記載同一件事情的時令與月份的比較，結果發現在漢武帝太初改曆以前，不只是以十月爲歲首，可能季節也變動了。那麼十、十一、十二月爲春天，正、二、三月爲夏天，四、五、六月爲秋天，七、八、九月爲冬天——就是「歲暮」。用這種說法，去解說上面幾條：「史、漢記載不同的地方」，就可以解說得通了。如：

1.《史記》記彭越謀反事，在「高祖十一年夏」，《漢書》記在「十一年三月。」三月正是漢曆的「夏天」。

2.《史記．孝文紀》記漢定代地事，在「高祖十一年春」，《漢書．高帝紀》記在「十一年冬」。漢曆的「春」，正是夏曆的「冬」。

3.漢立皇子乘爲清河王事，《史記．孝景紀》記在「中三年春」。《漢書．景帝紀》記在「中三年秋九月」後。夏曆的「秋九月」後，正是太初前的漢曆的「春」。

由此，可知逯欽立依《漢書》立說是不足爲據的。不過有關這個《史記》與《漢書》在太初前「時與月」的問題，還有待於專門研究漢史的學者們詳加考辨。

㈨鍾嶸《詩品》說有部份古詩，「舊疑是建安中曹（植）王（粲）所製。」現代文學史家，像劉大杰等人，就把＜古詩十九首＞全作東漢末的作品。我認為這種看法，是有問題的。現在，我們就拿東漢末建安時大詩人如曹植、曹丕、王粲的作品為代表，從文字、風格、內容三方面來和＜古詩十九首＞及蘇武、李陵等人作品作比較。

1. 文字方面：我發現建安詩人寫別情、鄉愁、閨怨的作品，句法、辭意，有許多是模仿十九首及李陵、蘇武詩的。如曹丕的＜雜詩＞（＜漫漫秋夜長＞、＜西北有浮雲＞）二首，曹植＜送應氏詩＞二首，可作例證。試作比較如下：

(1)與曹丕＜雜詩＞二首比較：

①漫漫秋夜長， ②烈烈北風涼。	爍爍三星列， 拳拳月初生。（李陵＜別詩＞）
③展轉不能寐， ④披衣起彷徨。	憂愁不能寐， 攬衣起徊徘。（十九首之十九，《玉臺》作枚乘詩）
⑤彷徨忽已久， ⑥白露沾我裳。	白露沾野草， 時節忽復易。（十九首之七）

⑦俯視清水波，
⑧仰看明月光。——俯觀江漢流，仰視浮雲翔。（蘇武詩）
⑨天漢回西流，
⑩三五正縱橫。
⑪草蟲鳴何悲，——蟪蛄夕鳴悲。（十九首之十六）
⑫孤雁獨南翔。——一鳧獨南翔。（蘇武別李陵詩）
⑬鬱鬱多悲思，
⑭緜緜思故鄉。——緜緜思遠道。（古詩〈青青河邊草〉詩，一作蔡邕作）
⑮願飛安得翼。——亮無晨風翼，焉能凌風飛。（十九首之十六）
⑯欲濟河無梁。——我欲渡河水，河水深無梁。（古詩〈步出城東門〉）
⑰向風長歎息。——遠望悲風至，對酒不能酬。（李陵〈與蘇武詩〉）
⑱斷絕我中腸。（以上十八句均曹丕〈雜詩〉之一）

× × × ×

①西北有浮雲，——西北有高樓，上與浮雲齊。（十九首之五，《玉臺》作枚乘詩）

②亭亭如車蓋。——熠熠似蒼鷹（李陵〈錄別詩〉）

③惜哉時不遇，

④適與飄風會。

⑤吹我東南行，

⑥南行至吳會。

⑦吳會非我鄉，

⑧安能久留滯。——客行雖云樂，不如早旋歸。（十九首之十九，《玉臺》作枚乘詩）

⑨棄置勿復陳，——棄捐勿復道（十九首之一，《玉臺》作枚乘詩）

⑩客子常畏人。（以上十句曹丕〈雜詩〉二）

王世貞說：「子桓〈雜詩〉二首，可入十九首，不能辨也。」（見《藝苑巵言》卷三）。從上面的比較，可以知道曹丕這兩首詩，多處模倣古詩及李陵、蘇武詩，有的用他句法，有的偷他辭意，非常明顯。

(2)與曹植〈送應氏詩〉比較。

①步登北邙阪，　驅車上東門，
②遙望洛陽山，　遙望郭北墓，
③洛陽何寂寞。　白楊何蕭蕭。（十九首之十三）

⑦不見舊耆老，
⑧但覩新少年。——所遇無故物（十九首之十一）

⑬中野何蕭條，　遠望正蕭條，
⑭千里無人煙。　百里無人煙。（李陵〈錄別詩〉）

⑮念我平生親，　悲與親友別，
⑯氣結不能言。　氣結不能言。（古詩〈悲與親友別〉）

（以上曹植〈送應氏詩〉之一）

×　×　×　×

①淸時難屢得，——良時不再至。（李陵〈與蘇武詩〉一）
②嘉會不可常。——嘉會難再遇。（李陵〈與蘇武詩〉二）
④人命若朝霜。——年命如朝露（十九首之十三）

⑤願得展嬿婉，歡娛在今夕，
⑥我友之朔方。嬿婉及良時。（蘇武詩）

⑬山川阻且遠，道路阻且長，
⑭別促會日長。會面安可知。（十九首之一，《玉臺》作枚乘詩）

⑮願爲比翼鳥，願爲雙鴻鵠，
⑯施翮起高翔。奮翅起高飛。（十九首之五，《玉臺》作枚乘詩）

（以上曹植〈送應氏詩〉之二）

由此比較，可知曹植模仿古詩，蘇、李詩的地方也不少。胡應麟《詩藪》說他「〈送應氏〉等篇，全法蘇、李。」是很正確的看法。十九首中〈今日良宴會〉一首：「彈箏奮逸響，新聲妙入神」兩句。《北堂書鈔．樂部箏類》引作曹植詩；這可能是誤記，也可能就是這一類脫胎偷骨的句子罷。在建安諸人作品中，一句、兩句模擬而出於〈古詩十九首〉及蘇、李詩的那更是多了。

⑶班固〈詠史詩〉與曹植〈精微篇〉比較

①班固〈詠史詩〉：「三王德彌薄，惟後用肉刑。太倉令有罪，就逮長安城。自恨身無子，困急獨煢煢。小女痛父言，死者不可生。上書詣闕下，思古歌雞鳴。憂心摧折裂，晨風揚激聲，聖漢孝文帝，惻然感至情。百男何憒憒，不如一緹縈。」

②曹植〈精微篇〉：「……太倉令有罪，遠徵當就拘。自悲居無男，禍至無與俱。緹縈痛父言，荷擔西上書。盤桓北闕下，泣血何漣如。乞得并姊弟，沒身贖父軀。漢文感其義，肉刑法用除。其父得以免，辯義在列圖。多男亦何爲？一女足成居。……」

曹植〈精微篇〉是詠古賢女的故事。這段述緹縈救父事，完全脫胎於班固〈詠史詩〉。不但意思相同，甚至一字不改，整句轉用的也有。但寫的眞切動人，卻超過班固原作。這點比較是用來旁證曹植作詩常採用前人的詩句。

(4)辛延年〈羽林郎〉與曹植〈五游詠〉的比較：

①辛延年〈羽林郎〉：「長裙連理帶，廣袖合歡襦。頭上藍田玉，耳後大秦珠。」「貽我青銅鏡，結我紅羅裙。」

②曹植〈五游詠〉：「……披我丹霞衣，襲我素霓裳。……徘徊文昌殿，登陟太微堂。上帝休西櫺，羣后集東廂。帶我瓊瑤佩，漱我沆瀣漿。踟躕玩靈芝，徙倚弄華芳。王子奉仙樂，羨門進奇方。……」（都是兩句一意）

十九首和蘇、李詩，對句很少。〈羽林郎〉之類詩，雖然比較多，但由它格調看來，仍然是自然成對的。曹植〈五游詠〉，全詩二十四句，一半是極整齊的偶句，步驟頗似五言長律。由此，可以看出建安詩風已轉變爲「雅麗」一途，對偶很多。又如：曹丕詩：

①朝遊高臺觀，夕宴華池陰。大酋奉甘醪，狩人獻嘉禽。齊倡發東舞，秦箏奏西音。（以

上六句，上句與下句對，見善哉行。）

②嘉餚重疊來，珍果在一傍；棋局縱橫陳，博奕合雙揚。（夏詩）

驚風扶輪轂，飛鳥翔我前；丹霞夾明月，華星出雲間。（芙蓉池作）（以上二例是上聯與下聯對）。

上述這種句法，是十九首所少有的。由文字方面看來，建安詩人造句鎔辭，有許多自東、西漢五言詩中出來；而且詩中偶句逐漸加多，這可以證明古詩十九首，絕不如一般人所疑，是東漢末建安之時作品。

2.風格方面：在文句上，建安詩受古詩十九首的影響，但風格上，建安詩和古詩都迥然不同。清吳喬〈答萬季埜詩問〉說：「漢人五言古詩，平仄高遠，其風格不類曹、王。」蓋十九首，不尙難字，而韻味緜緜；自然高渾，而現其氣象；有他過人的地方。蘇武、李陵詩，風味與十九首相類。建安詩漸綺麗，藻弄巧思。明陸時雍《詩鏡總論》說：「魏人精力標格，去漢自遠，而始影之華采。」所以王粲愀愴而羸秀，曹植鋪排而整飾。例如：陳思王〈白馬篇〉：「俯身散馬蹄」，能盡馳馬之狀；〈鬥鷄〉詩：「嘴落輕毛散」，善形容鬥鷄之勢。「俯」「落」二字有力，一「散」字相應，是語極其工巧。古詩不似。所以有人說：「古詩十九首，是平平道出，若談家常語，若陳思『秋蘭被長坂，朱華冒綠池。』仲宣『幽蘭吐芳烈，芙蓉發紅暉』是家常語與官話相半。」李白評說：「自從建安來，綺麗不足珍。」我們在古詩十九首中，是讀不到這一類

「綺麗」「工巧」的名句。

3.內容方面：蘇、李贈別與十九首都只是詠懷言情之作。建安詩範圍拓廣，有遊讌、紀行、贈答、詠古、頌德、言情、述懷、軍戎、雜詠諸體。但他們所表現的內容，卻深受時代背景的影響。他們早期作品，因處於漢末離亂的時代，如：王粲〈七哀詩〉：

西京亂無象，豺虎方遘患，復棄中國去，委身適荊蠻。親戚對我悲，朋友相追攀。出門無所見，白骨蔽平原。路有飢婦人，抱子棄草間，顧聞號泣聲，揮涕獨不還：「未知身死處？何能兩相完？」驅馬棄之去，不忍聽此言。南登霸陵岸，回首望長安；悟彼下泉人，喟然傷心肝！（〈七哀詩〉一）

寫民衆逃難的情形。「白骨蔽平原」「抱子棄草間」，都是由戰爭所造成慘絕人寰的景況。他的聲音，近於呼喊，不像〈古詩十九首〉情感的敦厚宛轉。十九首也沒有這樣內容的作品。又如曹植〈送應氏詩〉：

步登北邙阪，遙望洛陽山。洛陽何寂寞！宮室盡燒焚。垣牆皆頓擗，荊棘上參天。不見舊耆老，但覩新少年。側足無行徑，荒疇不復田。遊子久不歸，不識陌與阡。中野何蕭條，千里無人烟。念我平生親（一作平常居），氣結不能言。

這一首作於建安十六年，寫戰亂後，洛陽一片殘破未復，荒涼蕭條的景象。（按：洛陽到魏黃初後才逐漸興復）

〈古詩十九首〉中的〈青青陵上柏〉一首，也寫洛陽城，詩說：

> 青青陵上柏，磊磊磵中石。人生天地間，忽如遠行客。斗酒相娛樂，聊厚不爲薄。驅車策駑馬，游戲宛與洛。洛中何鬱鬱，冠帶自相索。長衢羅夾巷，王侯多第宅。兩宮遙相望，雙闕百餘尺。極宴娛心意，戚戚何所迫！

費錫璜《漢詩總說》：「讀之見太平景象，人民熙皞，上至王侯第宅，下至平康北里，皆優游宴樂，爲盛世之音。」從內容方面看來，建安的前半期，是不可能產生十九首那樣溫厚和平的作品。至建安後半期，鄴都常有遊讌盛事，產生許多寫池苑風月，宴樂歌舞，遊樂鬥鷄的作品。文采宛麗精綺，陳倩父謂之「建安體」，當然和漢〈古詩十九首〉不類。至於曹植、王粲等人，有關世情抒懷作品；曹植因生活愉快，風格亦贍麗。王粲因入魏後，得意宦海，遂多頌諛之語，也不類十九首的質樸平淡。王粲卒於建安末，曹植入黃初後，因受乃兄壓迫，詩情哀怨，然仍含蘊着悲憤，也沒〈古詩十九首〉曠達的風味。所以從內容上來看，十九首也絕不是曹植、王粲所作的。再說曹植及王粲等人的作品，或由魏文帝或由明帝下令替他們撰錄成集，若有「一字千金」的佳作，也不可能佚於集外，流爲無名氏之作也。

㈩至於梁啓超說：「十九首是東漢安、順、桓、靈時的作品。」因爲沒有具體有力的證據，可以證明他的說法。這時詩人，像秦嘉、酈炎、趙壹等人，鍾嶸已加品評；至張衡的五言詩也不好，梁氏的說法，更是個人的臆測了。不再細辨。

結論

由上面十點的考證，使我們知道過去人對〈古詩十九首〉及枚乘詩的各種懷疑的說法難以成立。我們從〈古詩十九首〉的內容看來，當全屬文士詩人的作品；由用字、用詞，可以體會出他們是熟讀了《詩經》、《楚騷》。如「凜凜歲云暮」之類，都是採用《詩經》中用語。這些作品，不像漢朝一些樂府五言是來自民間的「匹夫庶婦」之手，所以不像民歌俗謠的平易淺露；而含有很深的文學意味與價值。徐陵選爲枚乘作，劉勰說是枚乘作。枚乘是第一流的辭賦家，當然也可能是第一流的大詩人。枚乘作〈東城高且長〉一首，由所寫節令，考知是漢武帝以前作。所以我想枚乘的仍歸枚乘，傅毅的仍歸傅毅。至於不在他們名下的，像〈明月皎夜光〉、〈凜凜歲云暮〉，都已經考定是西漢太初前作品。〈青青陵上柏〉，由它所寫的洛陽城中情形，正是與世的景象，諒也是西漢盛時的作品。餘下〈今日良宴會〉、〈迴車駕言邁〉、〈驅車上東門〉、〈去者日以疎〉、〈生年不滿百〉、〈孟冬寒氣至〉、〈客從遠方來〉七首，雖不能確定時代，不過我想也不會太晚吧！因爲建安時人已有模仿這些詩篇中句子的例子。

（民國五十四年《大陸雜誌》第三十一卷第五、六、七期）

李陵、蘇武詩的探究

一、李陵、蘇武詩的篇目與篇數

李陵、蘇武二人是西漢中葉的五言詩名家。鍾嶸將李陵詩列於上品，並於《詩品・序》中說：「逮漢李陵始著五言之目矣。」又說：「子卿雙鳧❶，……五言之警策者也。」他們二人的詩現存十八首：

(一)李陵有《楚辭》體〈別歌〉一首（見《漢書・蘇武傳》），五言詩有《昭明文選》卷二十九所收〈與蘇武詩〉三首（良時不再至、嘉會難再遇、攜手上河梁），《古文苑》卷八所收〈錄別詩〉八首（有鳥西南飛、爍爍三星列、寂寞君子坐、晨風鳴北林、陟彼南山隅、鍾子歌南音、

---

❶ 子卿雙鳧：子卿，蘇武字。北宋孫巨源的《古文苑》卷八〈蘇武別李陵詩〉：「雙鳧俱北飛，一鳧獨南翔。」李陵〈錄別詩〉：「雙鳧相背飛，相遠日已長。」（見《古文苑》卷八〈陟彼南山隅詩〉）。鍾嶸所謂「子卿雙鳧」，當指此而言。

鳳凰鳴高岡〔闕〕、紅塵蔽天地〔闕〕）：共十二首。另有殘句四條八句❷。

㈡蘇武的五言詩，有《昭明文選》卷二十九所收四首（骨肉緣枝葉、黃鵠一遠別、結髮爲夫妻、燭燭晨明月），《古文苑》卷八所收二首（〈答李陵詩〉、〈別李陵詩〉）：共六首。

二、李陵、蘇武的事蹟與所處的時代

李陵（字少卿）、蘇武（字子卿），都是漢武帝時代的人物。李陵是名將李廣的孫子，精騎射，驍勇善戰。蘇武的父親蘇建，曾屢次隨大將軍衞青征討匈奴有功，封平陵侯。他們都因家世關係，一起做過侍中。

漢武帝時中國的國勢非常強盛。武帝是一位雄才大略的國君；他對內招攬才俊，治理國家；聽從董仲舒，推崇儒家，修明學校；以李延年爲協律都尉，擴大樂府機構，製作樂章，蒐集歌謠；寵幸辭賦家司馬相如等人，使音樂辭賦歌詩盛行一時；實施鹽鐵酒專賣制度、均輸、平準政策，增加國庫收入，充實軍費。對外因爲匈奴不停侵犯邊境，殘殺士民；元光二年（公元前一三三）採取王恢建議，改變過去和親策略，而著重征伐，用霍去病、衞青爲將，連年率領大軍，進擊匈奴，收復河南地，逼使匈奴遠徙漠北；派遣張騫出使西域，結合烏孫，斷匈奴右臂；派路博

❷ 李陵詩殘句，分見《北堂書鈔》卷百三十二，《昭明文選》卷三十陸士衡〈擬明月皎夜光詩〉、卷二十一曹子建〈三良詩〉、卷二十七石季倫〈王明君詩〉李善註所引。

德、楊僕平定南越、東越；郭昌、衞廣平定西南夷、降服滇國；趙破奴虜樓蘭王、破車師；楊僕、荀彘平定朝鮮；李廣利踰葱嶺，攻破大宛；大漢聲威，遂遠播天下。

李陵和蘇武就是身處這樣的不停對外征戰的時代。李陵爲騎都尉，曾率領騎兵深入匈奴，並曾爲李廣利攻擊大宛時的後援。

武帝太初四年（公元前一〇一）匈奴且鞮侯單于初立，害怕漢人攻擊，派使送還以前所扣留漢使路充國等人。

天漢元年（公元前一〇〇），武帝爲回報其好意，特派蘇武爲中郎將，出使匈奴，也送還前所扣留匈奴使者。

蘇武至匈奴後，因副使張勝牽涉到匈奴內部陰謀劫持單于母親入漢事，整個使節團遂被扣留，並威迫蘇武投降。蘇武不肯，被拘禁北海（今西伯利亞貝加爾湖）。

天漢二年（公元前九九），武帝派李廣利進攻匈奴。李陵率五千步兵深入匈奴，至浚稽山（今蒙古喀爾喀），與單于所率大軍相遇，且戰且南，轉戰一千多里，斬殺匈奴二、三萬人，離塞上不過一百多里，矢盡援絕，猶執短刀車輻，拼死奮戰，終被俘，不得已暫時投降，還想將來逃走回漢。當時李緒替單于訓練軍隊；謠傳爲李陵。四年（公元前九七），武帝遂族滅陵家，殺了李陵的母親、妻子、弟弟；李陵絕了回漢之心。這是歷史上一位名將的悲劇。

後來單于派李陵前往北海勸蘇武投降匈奴。《漢書・蘇武傳》：「武使匈奴；明年陵降，不敢求武。久之，單于使陵至海上。」由他們見面時，李陵告訴蘇武說：蘇武的母親已過世，兄嘉弟孺卿都因案自殺，妻子聽說也已改嫁，「獨有女弟二人、兩女一男；今復十餘年，存亡不可知」的話看來，可見蘇、李第一次見面，是在李陵、蘇武入匈奴之後十餘年。結果勸降爲蘇武拒絕，二人聚飲數日，李陵卽告別回去。

他們第二次見面，是在武帝駕崩，昭帝卽位初（公元前八七—八六），李陵又到北海，告訴蘇武：漢武帝的死訊。

漢朝與匈奴攻戰四十多年，雙方皆已疲憊，又有和親之議。昭帝派使者至匈奴，要求送還蘇武。始元五年（公元前八二），單于才答應放回蘇武。李陵置酒爲賀說：「今足下還歸，揚名於匈奴，功顯於漢室。」起舞，悲泣作歌，抒寄他不幸的遭遇與感懷說：

徑萬里兮度沙幕，爲君將兮奮匈奴。路窮絕兮矢刃摧，士衆滅兮名已隤！老母已死，雖欲報恩將安歸！

始元六年（公元前八一）春，蘇武回到長安，拜爲典屬國。蘇武留匈奴十九年。他凜然不屈的氣節，終爲世人的典範。

鍾嶸《詩品．序》說：「嘉會寄詩以親，離羣託詩以怨。」李陵、蘇武二人的詩，不論與妻子、與朋友，總括一句，都是與他們所處的時代與境遇有關，都是用以抒發他們的離情別緒、慷慨感懷。因二人的際遇不同，蘇武尚有溫馨美麗之語；李陵則因身敗家滅不幸之極，所以特多悽愴悲怨之音。

三、李陵、蘇武的五言詩在漢詩發展上的地位

蕭統《文選．序》說：「自炎漢中葉，厥塗漸異，退傅（指韋孟）有〈在鄒〉之作，降將（指李陵）著〈河梁〉之篇，四言五言，區以別矣。」任昉〈文章緣起〉說：「五言詩始漢騎都尉李陵與蘇武詩。」由此可知李陵、蘇武的五言詩，在漢朝詩歌發展上地位的重要。

東、西兩漢的詩，流傳至今有六百多首。若從形式來說，除了沿襲周朝的四言詩❸、《楚辭》體詩❹以外，又產生了新詩體：三言❺、五言❻、六言❼、七言❽等齊言體和雜言體❾。

漢朝的新詩體中，五言詩尤為重要，成就最大，數量最多，約二百八十多首；若將建安時代除外，其他人作品還有一百二十首左右；而李陵、蘇武兩人就佔了十七首，而且寫得那麼感人；

---

❸ 四言詩，如韋孟的〈諷諫詩〉：「肅肅我祖，國有豕韋。」

❹ 《楚辭》體詩，如李陵〈徑萬里兮度沙幕〉。

❺ 三言詩，如唐山夫人〈房中歌〉：「安其所。」

❻ 五言詩，如李陵〈攜手上河梁〉。

❼ 六言詩，始於漢谷永。如孔融詩：「漢家中葉道微。」

❽ 七言詩，如漢武帝〈柏梁臺詩〉：「日月星辰和四時。」

❾ 雜言體，如漢〈鐃歌十八曲〉：「上邪！我欲與君相知，長命無絕衰。」

所以六朝人一致認爲李陵、蘇武是漢五言詩的名家。任昉、鍾嶸、裴子野〈雕蟲論〉、白居易〈與元九書〉、皮日休《松陵集序》、嚴羽《滄浪詩話》都以爲漢五言詩創於李陵與蘇武，得到極高的評價。蕭子顯說：「李陵五言，後人難與爭鶩」❿；顏之推認爲是「詩人之翹秀」⓫。杜甫認爲「李陵、蘇武是吾師」⓬。李白〈詠蘇武詩〉也有「東還沙塞遠，北愴河梁別；泣把李陵衣，相看淚成血」的感慨。

由此，可見六朝至宋以前，著名的文人、選家、批評家，都一致認爲漢五言詩由李陵、蘇武的製作，才著名於世，才能和四言詩對抗。事實上，四言詩自五言詩興起，卽漸趨沒落，作者日漸減少；至唐朝五七言盛行後，卽漸成絕響。

四、對李陵、蘇武作五言詩疑說的辨釋

李陵、蘇武所作五言詩，大概數量不少。《李陵集》二卷，《隋書・經籍志》尚見著錄。由於李陵作品衆多，而西漢名辭賦家卻沒有五言詩的作品，以致後人懷疑其間恐有後人僞託或擬作摻入。像西晉摯虞編《文章流別志》時就說：「逮李陵衆作，總雜不類，元是假託，非盡陵

❿ 說見《南齊書・文學傳論》。
⓫ 見《顏氏家訓・文章篇》。
⓬ 見杜甫〈論詩絕句〉。

制⑬。」劉勰在《文心雕龍・明詩篇》中，辨析這種懷疑，並沒有什麼道理。他說：

至成帝品錄，三百餘篇，朝章國采，亦云周備，而辭人遺翰，莫見五言，所以李陵、班婕好見疑於後代也。按：〈召南行露〉，始肇半章；孺子〈滄浪〉，亦有全曲；〈暇豫〉優歌，遠見春秋；〈邪徑〉童謠，近在成世；閱時取證，則五言久矣。又〈古詩〉佳麗，或稱枚叔（指枚乘）；其〈孤竹〉一篇，則傅毅之詞：比采而推，固兩漢之作也⑭！觀其結體散文，直而不野；婉轉附物，怊悵切情：實五言之冠冕也！

劉勰認爲五言詩來源很早，《詩經・召南行露》已有半章五言，孺子〈滄浪歌〉已經是整篇五言；遠的像春秋的〈暇豫歌〉，近的像漢成帝時的〈邪徑曲〉都是五言作品；由此可以證明五言詩由來很久；他更進一步，認爲西漢枚乘、東漢傅毅的作品都是兩漢代表作品。意謂李陵、班婕好作五言詩又有什麼可疑呢？

《漢書・藝文志・詩賦略》所著錄「三百一十四篇」，由其目錄及後序，可知所採都是樂府歌詩，由樂府機構所採集，像李陵、蘇武這類純屬個人抒情贈別的純詩，自然不會被採集進去；

⑬ 見明楊愼《丹鉛總錄・詩話類》引。
⑭ 「固兩漢之作也」一句，今流行本作「兩漢之作乎！」按：敦煌莫高窟出土唐末鈔本《文心雕龍》，「乎」字作「也」。又按：「兩漢」上，宋李昉《太平御覽》卷五八六有「固」字。後代不知何故「訛誤」「刋落」。

至於像班婕妤的〈怨歌〉，雖然是歌詩，但其內容是抱怨漢成帝遺棄她，自然也不會見錄其上。再者西漢辭賦家作詩，除枚乘外，多不以詩名世；他們，如司馬相如奉命作郊祀樂章，多採四言舊體，或流行楚辭體。蓋五言體在西漢尚是新起的通俗詩體，一般詩人尚不慣採用仿作。

至於蘇東坡說蘇武詩有「江漢」之語，翁方綱說李陵詩有「嘉會難再遇，三載爲千秋」等問題，爲行文方便，均留俟下文討論蘇、李詩時，再加辨釋了。

五言詩發展到了李陵、蘇武的時代，進入完全成功的階段。現代中國文學史、中國詩史的學者，由於前人的一些懷疑，就認爲蘇武、李陵五言詩，都是後人假託之作。這在常識上說是非常有問題的。據我們所知，⑴人只有偷竊別人的作品來冒充自己的作品；哪有把自己可以流傳千古的傑作假託爲前人所作的？天下哪有此等好人？⑵一個詩人作家的集子，卽使有別人的作品攙雜進來，數量了不得一兩首罷了，也不可能全部都是。⑶假使是後人的擬作，也必須有原作；如陸機〈擬古詩〉十四首，而這十四首古詩至今也仍然存在；他的擬作幾無一首能超過原作的；現在若認爲蘇、李的作品是後人的擬作，那麼蘇、李的原作，今又何在？⑷更何況《李陵集》，至隋朝猶存，它難道是憑空編成的嗎？由此可知這些懷疑，完全是一種偏見。⑸一般編撰文學史、詩史，往往是根據前人的成說來編寫，自己未曾深入研究，所據成說錯誤，結果也必然錯誤。像劉大杰、陸侃如以異說來作文學史、詩史，自然只能寫出自以爲是的歷史了。

五、李陵、蘇武五言詩的內容

《古文苑》所收李陵〈錄別詩〉八首，蘇武〈答李陵詩〉、〈別李陵〉兩首，由其標題，可知都是贈別作品。蘇武〈別李陵詩〉：「雙鳧俱北飛，一鳧獨南翔。」李陵〈陟彼南山隅〉一首〈錄別詩〉中，也有「雙鳧相背飛，相遠日已長」，可見這兩首當爲相關應和之作。李陵詩：「爍爍三星列，拳拳月初生，寒涼應節至……」蘇武答李陵詩：「于多服涼衣，……寒夜立清庭，仰瞻天漢湄。」不知是否卽爲答和這首的作品。現在因限於篇幅及時間，不能一一都加論介。這裏僅論述《昭明文選》所選錄的七首李陵、蘇武的詩。

㈠蘇武詩，《昭明文選》收有〈骨肉緣枝葉〉、〈黃鵠一遠別〉、〈結髮爲夫妻〉、〈燭燭晨明月〉四首。

(1)〈結髮爲夫妻〉，《玉臺新詠》題作〈留別妻〉，詩說：

結髮爲夫妻，恩愛兩不疑。歡娛在今夕，嬿婉及良時。征夫懷往路，起視夜何其？參辰皆已沒，去去從此辭。「行役在戰場，相見未有期！」握手一長歎，淚爲生別滋。「努力愛春華，莫忘歡樂時。生當復來歸，死當長相思！」（嬿婉，歡好貌）

這首當是漢武帝天漢元年（公元前一〇〇），蘇武出使匈奴，與妻子離別的前夕所作。「戰場」指外交戰場；那時匈奴和漢朝是敵對的兩方，時常作戰，時常扣留對方使者。這時大概蘇武的妻子問他：「什麼時候可以回來?」所以他答說：「行役在戰場，相見未有期」，不知道什麼時候能夠回來?沒想到蘇武到了匈奴，卻因副使張勝牽涉到刼持單于母親的案子，被匈奴扣留，一留十八、九年。蘇武的妻子終因年輕而改嫁，蘇武在匈奴也另娶了胡婦，生了兒子。結局雖是如此；但當他們離別時候，兩人的情感是非常眞摯的。他叮嚀妻子要珍愛青春如花的生活，不要忘記兩人在一起時那一段歡樂的時光。最後說我活着，我一定會回來!我死了，我也會永遠想念你!換句話說，也是請求對方，假使我死了，那就請你永遠相思，把我長留記憶裏吧!這首記錄了人間最完美的一刹那間的感情，留下動人的詩篇。由此，也可以看出蘇武當日出使匈奴已抱着爲國犧牲的決心，所以到了匈奴，終能不屈服，不虧節守，永不投降，成爲代表中華民族氣節的英雄。由這首詩，使我想到實際的人生，往往受環境遭遇的支配，是人類自己所無法控制與逆料的，也因此造成許多人間的悲劇。

⑵〈骨肉緣枝葉〉、〈黃鵠一遠別〉、〈燭燭晨明月〉三首：李善注：「骨肉，謂兄弟也。」有人認爲〈骨肉緣枝葉〉一首是蘇武自漢長安，出使匈奴時別其兄弟的作品。但清陳沆《詩比興箋》則認爲這三首都是蘇武自匈奴返漢時別李陵的作品。現分述如下：

骨肉緣枝葉，結交亦相因；四海皆兄弟，誰爲行路人?況我連枝樹，與子同一身。昔爲鴛與鴦，今爲參與辰；昔者常相近，邈若胡與秦。惟念當離別，恩情日以新。鹿鳴思野草，可以喻嘉賓。我有一罇酒，欲以贈遠人；願子留斟酌，敍此平生親。

這首大意說：骨肉至親，緣於枝葉相連；人之結交，自有其因；古人說：四海皆兄弟，誰爲行路人？何況我與你都是漢人，同處異域，所以感情逾常，好像異樹連枝，同爲一身。過去相聚有如鴛、鴦親密，而今相別有如參、辰二星，再不能相會；過去時常接近，今後卻遠隔胡、秦。想到即當離別，這段感情更覺歷久彌新。呦呦鹿鳴，食野之苹；鼓瑟吹笙，娛我嘉賓；我也有一罇美酒，欲贈與你，願你留下斟酌相飲，以敍我們平素的親密的感情。他用了許多譬喩來寄託他與李陵的感情，深蘊而溫厚。

> 黃鵠一遠別，千里顧徘徊。胡馬失其羣，思心常依依。何況雙飛龍，羽翼臨當乖。幸有絃歌曲，可以喩中懷；請爲遊子吟，泠泠一何悲！絲竹厲清聲，慷慨有餘哀；長歌正激烈，中心愴以摧！欲展清商曲，念子不能歸，俛仰內傷心，淚下不可揮。願爲雙黃鵠，送子俱遠飛。

蘇武用逐步遞進的方式，來寫和李陵的別情。黃鵠遠別，尙且徘徊不去；胡馬失羣，尙且思念不已；何況自己與李陵，現在也面臨遠別、失羣之悲。其徘徊不去，其依依之情，都可不言而喩，烘托而出。婉轉含蓄的情感，盡在言外了。飛龍，蓋深惜李陵之才，其際遇卻如此不幸，不能回漢，爲國立功。《漢書．蘇武傳》寫「李陵置酒賀武，起舞作歌曰：『徑萬里兮度沙幕，爲君將兮奮匈奴。路窮絕兮矢刃摧，士衆滅兮名已隤！老母已死，雖欲報恩將安歸！』陵泣下數行，因與武決。」「幸有絃歌曲，可以喩中懷」，可能所寫的就是李陵的悲歌，所以說：「泠泠一何悲」，「慷慨有餘哀」，這種激烈的長歌，使我聽了非常悽愴悲傷。古樂府有清商曲，調多哀傷。前面只寫自己聽歌覺到悲傷，但到「念子不能歸」，這時內心抑制的情感，就無法再禁住，於是一洩而出，於是「淚下不可揮」。揮，盡也；悲泣當歌了。他寫自己的感情，是層層加深；可以體會到蘇武當時悲思煩促、錯雜迷離的情意。最後結於安慰對方的話，「願爲雙黃鵠，送子俱遠飛」，與起句「黃鵠一遠別」相呼應。前後一情而下，我們讀來覺得有餘情未斷之味。這首詩是蘇武四首詩中感情最強烈的一首。

燭燭晨明月，馥馥我蘭芳；芬馨良夜發，隨風聞我堂。征夫懷遠路，遊子戀故鄉。寒冬十二月，晨起踐嚴霜。俯觀江漢流，仰視浮雲翔。良友遠離別，各在天一方。山海隔中州，相去悠且長。嘉會難再遇，懽樂殊未央。願君崇令德，隨時愛景光。

由詩中有「寒冬十二月」，可知這首詩應作於始元五年冬天。蘇武這首別詩，表現的情意，比起前一首顯得相當溫馨。起頭「燭燭晨明月」四句，寫月夜蘭香，隨風吹上堂來的文字，十分美麗。這可能跟這時蘇武的心境有關。他這時正是「揚名匈奴，功顯漢室」，和李陵「長留絕域，有國安歸」的大不相同，所以表現在文字中的情調也就不同。接着寫自己想到回漢的路途遙遠，說出自己也實在懷念故鄉，清早就起來了，準備上路了；接着才寫出和李陵言別的深情，最後祝福對方珍惜時光，發揚令德。

蘇軾在〈答劉沔書〉中說：「李陵、蘇武，贈別長安，而詩有『江漢』之語」，而認爲這是

「齊梁間小兒所擬作」。蘇軾的說法，有兩點錯誤：

第一、蘇武這首詩是作於匈奴，不是作於長安，所以蘇武詩才說：「嘉會難再遇」。

第二、「俯觀江漢流，仰視浮雲翔」，這只不過借「江漢滙合分流，浮雲相會分飛」，來比喻好友，即將分離，各在天一方罷了。這只是借喻象徵之語。這種用法在文學作品中極爲盛行，並非實指長江與漢水。

(二)李陵送別蘇武的詩，《昭明文選》收有〈良時不再至〉、〈嘉會難再遇〉、〈攜手上河梁〉三首。

良時不再至，離別在須臾。屏營衢路側，執手野踟蹰。仰視浮雲馳，奄忽互相踰。風波一失所，各在天一隅。長當從此別，且復立斯須。欲因晨風發，送子以賤軀。(一)

嘉會難再遇，三載爲千秋。臨河濯長纓，念子悵悠悠，遠望悲風至，對酒不能酬。行人懷往路，何以慰我愁。獨有盈觴酒，與子結綢繆。(二)

攜手上河梁，遊子暮何之?徘徊蹊路側，悢悢不得辭。行人難久留，各言長相思。安知非日月，弦望自有時。努力崇明德，皓首以爲期。(三)

蘇武榮歸故國，李陵流落異域，遭遇不同，心境各異。所以李陵詩語，特多悽愴之詞，哽咽之語，如「遠望悲風至，對酒不能酬」，「行人懷往路，何以慰我愁」。他的情感亦極深摯，不忍言別，如「屏營衢路側，執手野踟蹰」。李陵寫兩人害怕一別不能再見，彼此緊握着手在那裏徘徊。「長當從此別，且復立斯須」；斯須，再站立片刻。「徘徊蹊路側，悢悢不能辭」，悲恨到不能說出告別的話。但是「行人難久留」，只好「各言長相思」，寫出了走的人要走了，兩人不得不別之情，只好說：「我永遠想念你。」這種作品，豈是後人所能擬託出來的？沒有這種難分難捨的情，又怎能寫出這樣的作品！

翁方綱認爲李陵〈與蘇武詩〉中，有「『安知非日月，弦望自有時』，此謂離別之後，或可冀會合耳。不思武旣南歸，卽無再北之理；而陵云：『丈夫不能再辱』，亦自知決無還漢之期」，「與蘇、李當時情事不切」。（翁說，引見梁章鉅《文選旁證》）——其實這種勸勉明德，還望再見，正合中外古今言別的情況；雖然明知不能再見，但在告別時總還是要互道珍重，希望再見。所以詩之三說：「安知非日月，弦望自有時，努力崇明德，皓首以爲期。」望指滿月；大月十六日，小月十五日，太陽在東，月亮在西，遙遙相望，比喻相見重會。希望大家發揚明德，注意健康，也許到我們頭髮白了的將來還能有機會再見吧。這種說法又有什麼不可以呢？這種詩句，正表現別情的眞實處。

翁方綱又說：「『嘉會難再遇，三載爲千秋』，蘇、李二人之留匈奴，皆在天漢初期（公元前一〇〇——前九九）；其相別則在始元五年（公元前八二），則二子同居者，十八九年之久；安得僅云：『三載嘉會』乎？」——按李陵和蘇武二人在匈奴相聚的時間，由《漢書．蘇武傳》的記載，可以算出，已詳本篇論文第二「李陵蘇武的事蹟與所處時代」的部分，只不過是「漢昭帝即位後三幾年」而已，所以陵詩說：「嘉會難再遇，三載爲千秋」，意謂「過去三幾年的相聚，現在卻成爲千秋的永別」，正切合蘇、李二人的事蹟。反之，若像翁方綱所說要作「十八九年」，那反而是後人的僞作了。

（民國七十七年十一月《中華文化復興月刊》第二十一卷第十一期）

陶淵明的生活及其作品

爲什麼許多人都喜歡陶淵明？

有人說因爲陶淵明是一位偉大的田園詩人，他把農村的生活與景象寫得那麼眞實，那麼生動！也有人說，我喜歡他，是因爲他是一個人格高潔的隱士，安貧守道，樂天知命，可使貧夫淸廉，可使懦夫卓立。也有人說陶淵明喜歡喝酒，我也喜歡喝酒，所以我喜歡他；也有人說陶淵明「採菊東籬下」，我就喜歡他這種閒適的生活境界。蘇東坡認爲陶淵明爲人最眞，「古今賢之，貴其眞也」；純眞毫不虛假，這是有些人喜歡他的原因之一。當然〈桃花源記〉中所描述的那種理想完美的世界，也是大家所嚮往的樂土，也是我們喜歡他的原因之一，但我認爲陶淵明最敎我們喜歡的地方，還是由於他作品。陶淵明在作品中所表現的生活態度與心裏想法，正是我們大多數人的生活態度與心理歷程，因此我們讀來非常親切。他所感受的，所描寫的，幾乎也就是我們曾經有過的感受，有過的情思，因此能夠深深引起我們心裏的共鳴，使我們喜歡他以及他的作品了。

當然要想以這短短的論文把陶淵明的生活與作品，做全盤介紹，是無法做到的。陶淵明的詩有一百二十六首，文章十三四篇，他卒於宋文帝元嘉四年（西元四二七年），根據沈約《宋書·隱逸傳》說法，享年六十三，則生於晉哀帝興寧三年（西元三六五）：若據梁啓超的說法，他活了五十六歲，則生於晉簡文帝咸安二年（西元三七二）。因此，今天我只能夠就陶淵明五十六年的生活及一百多篇作品，作抽樣式的介紹。我們可以從青少年、歸隱後、老年三時期，來看陶淵明的生活以及他的作品。

一、青少年時期

1.故鄉與家世 陶淵明，一名潛，字元亮，潯陽郡柴桑縣（今江西九江縣西南）人。柴桑在長江的中流南岸，爲長江上下游的咽喉，東下數十里就是鄱陽湖，有名的廬山就在它的西南。——就是陶淵明詩中提到的「南山」、「南嶺」。陶淵明的家就在廬山下的一個農村，後人稱做柴桑里，風景十分優美。但柴桑城當日成爲兵家必爭之地。

陶淵明就在這樣的環境中長大。他的曾祖父陶侃是晉成帝時名將，封長沙郡公，位至八州都督；祖父、父親都曾做過太守。小時候喜歡讀書彈琴，「開卷有得，便欣然忘食」。他有一個妹子，比他小三歲，還有堂弟敬遠，都是他的小玩伴。他因爲父親過世的早，由他母親孟夫人撫養長大，家境日見艱難。他的母親是當時的名儒孟嘉先生的女兒。孟嘉文章超卓，言無夸矜，喜歡喝酒，胸襟開闊，對陶淵明的影響很大。

2.〈**閑情賦**〉**中的愛情**　陶淵明到了十七八歲，也跟現在青年人一樣，開始愛上了一個漂亮的少女。他有名的〈閑情賦〉，寫的大概就是這一段的愛情生活。他將他初戀的少女彈瑟時的神態，在賦裏刻畫道：

送纖指之餘好，攘皓袖之繽紛，瞬美目以流盼，含言笑而不分。

說她捲起了雪白的長袖，送出了很美的纖長的手指，瞬轉着漂亮的眼睛，流視顧盼，好像含着微笑，帶着低語。這樣的一個少女，使他相思不已。於是他採用了重疊反覆的十個排比句，來表達他這種惶惑不寧的情思，說：

願在衣而爲領，承華首之餘芳；
悲羅襟之宵離，怨秋夜之未央！
願在裳而爲帶，束窈窕之纖身；
嗟溫涼之異氣，或脫故而服新。
願在髮而爲澤，刷玄鬢於頹肩；
悲佳人之屢沐，從白水以枯煎。
願在眉而爲黛，隨瞻視以閑揚；
悲脂粉之尚鮮，或取毀於華妝。

願在莞而爲席，安弱體於三秋；
悲文茵之代御，方經年而見求。
願在絲而爲履，附素足以周旋；
悲行止之有節，空委棄於牀前。
願在晝而爲影，常依形而西東；
悲高樹之多蔭，慨有時而不同。
願在夜而爲燭，照玉容於兩楹；
悲扶桑之舒光，奄滅景而藏明。
願在竹而爲扇，含淒飈於柔握；
悲白露之晨零，顧襟袖以緬邈。
願在木而爲桐，作膝上之鳴琴；
悲樂極以哀來，終推我而輟音！

這好像是由「四句構成一組」的抒情曲，他一疊連反覆地唱了十次，於是熱烈的愛情就迎着她的心噴湧而來；若用白話試譯一節看看：

我願意做妳衣服上的領子，
領受妳那鮮花兒般的臉兒上的芬芳；

可悲的是每一個夜裏，

這綢領子都要離開了妳，

我實在怨恨這秋夜的悠長！

這美麗又深情的文辭，就好像漂滿了花兒的春泉，一波一波地，流過她的心靈，在她的心中回蕩輕漾，自然教人爲愛情而心醉。他將他自己愛慕相思的情意，宛轉熱烈地抒發了出來。

陶淵明在〈閑情賦〉裏，又說他想前去和她對面傾訴衷情，要跟她締結鴛盟海誓，又怕冒犯舊禮，引起閒言；想拜託媒人前去說親，卻又怕他人已經佔先。……

像這樣的熱情麗賦，在我國古典文學中並不多見，與傳統的溫柔敦厚委婉含蓄的抒情作品不太一樣，自不爲我國舊社會觀念所容納贊同，就連最喜歡陶淵明作品的昭明太子也不免要評說：

白璧微瑕，惟在〈閑情〉一賦。

不過，以現代的眼光來看，這寫的正是現代青年的熱情，正是我們都曾經有過一段的愛的情思。

3. 對兒子的期望　至於這賦中的愛，有沒有結局？因爲缺乏史料，無法妄測。陶淵明後來娶的妻子是不是這賦中所寫的少女，現在也無法證實。不過，我們知道陶淵明結婚很早，前後結婚兩次。

陶淵明第一次結婚，大概在十八歲以前。由於家裏人丁單薄，母親年老，他很盼望早早有一個孩子。第二年，長子就誕生了。那時，他對他的孩子充滿了期望。在他長子兩三歲時候，替孩子取名，叫做「儼」，字「求思」，取《禮記．曲禮》：「毋不敬，儼若思」的意思。並作了一首〈命子詩〉。這首詩共十章，先歷敍陶家祖先的功德，最後三章說明命名的意思，對兒子將來的期望：

溫恭朝夕，念茲在茲，尙想孔伋，庶其企而！

儼，莊敬：發慮在心曰思。就是要孩子長大後要時時記住取名爲儼的意思，做一個溫良恭敬的人，希望他能夠像孔子的孫子子思（伋字子思）一樣的有成就。按子思作《中庸》，繼述孔子的學說。第九章說：

厲夜生子，遽而求火，凡百有心，奚特於我！既見其生，實欲其可。人亦有言，斯情無假。

厲，通「癘」字，惡瘡。長惡瘡的人半夜裏生了孩子，趕緊取火來看，只是爲了怕孩子像自己。有愛心、有感情的人都迫切希望他的孩子長得好。蓋人的常情，都希望他的孩子，無論在形貌、本性、行爲、智慧、才能，都很完美，而且可取。「既見其生，實欲其可」，這平白淺顯的八個字，就將所有做父母的人的心理，深切寄望兒女能夠成才的心理，刻畫了出來。寫出了人的眞情、至情。這就是陶詩的好處，吸引人的地方。

他對他孩子，是早起晚睡，細心照顧，跟所有做父母的人一樣，「既見其生，實欲其可」，希望孩子長大了都能成龍成鳳，成爲有用的人才。

4. 出仕與理想　儼生後一年，陶淵明這時二十歲，就死了妻子，繼娶翟氏。以後接連又生了四個孩子。由於「母老子幼」，家庭負擔很沉重，他就出去做事，先去柴桑城裏做江州祭酒，不久就辭職回來。

陶淵明繼續在家，攻讀儒家經籍，寄情曼妙琴音，努力進德修業，希望自己能夠「及時致用」，發揮所學，能夠像舜時的賢臣稷、契，造福人民。他在〈感士不遇賦〉中說：

發忠孝於君親，生信義於鄉閭。

這時，他有行道濟世的想法。晉安帝隆安二年（三九八）九月，劉牢之取代王恭，爲前將軍，就是鎮北將軍，不久劉牢之因討伐海盜孫恩，就正式被任命爲鎮北將軍。三年，陶淵明被網羅爲鎮北將軍的參軍，作有〈始作鎮軍參軍經曲阿〉詩。這時，他二十八歲；後來他在〈飲酒詩〉之十九中說：「投耒去學仕」，「是時向立年」。劉裕這時也做劉牢之屬下的參軍。

陶淵明離開了故鄉柴桑，沿着白浪滔滔的長江，乘舟東下，經過一千多里，經晉京建康（今南京），曲阿（江蘇丹徒縣），前往京口（鎮江縣）就任。

這時，他正是跟許多青年人一樣的，意氣飛揚，胸懷猛志，崇拜的是豪氣縱橫的荆軻，高節重義的田子泰，遇君盡忠的秦三良，很想作一番轟轟烈烈的事業。由他後來寫的〈詠三良〉詩，可以看出他對「君臣遇合」的理想：

彈冠乘通津，但懼時我遺：服勤盡歲月，常恐功愈微。忠情謬獲露，遂爲君所私，出則陪文輿，入必侍丹帷，箴規嚮已從，計議初無虧。一朝長逝後，願言同此歸！厚恩固難忘，君命安可違？臨穴罔遲疑，投義志攸希。荆棘籠高墳，黃鳥聲正悲；良人不可贖，泫然沾我衣。（通津，要津。攸，所）

這雖然是一首詠史詩，但並不像班固的〈詠史詩〉，純粹是歌詠史事的作品，他是借詠史來寄懷的。秦穆公死了，遺命奄息、仲行、鍼虎等人爲殉葬者。《左傳》文公六年：「秦伯任好卒，以子車氏之三子：奄息、仲行、鍼虎爲殉，皆秦之良也。」《詩經・秦風》中有〈黃鳥〉詩三章，就是哀傷三良之死，諷刺秦穆公以三良殉葬的不當。前人以此爲詩歌的題材的很多；著名的，在陶淵明之前有曹植、王粲、阮瑀，之後有柳宗元、蘇軾等人。他們大抵是批評這件事的不對。陶淵明的看法，卻跟這些詩人不同。他主要是借三良殉死的事，來闡述君臣遇合的理想。先歌詠他們剛出來做事時候的心情，他們想謀得一個重要的職位，卻害怕沒有好機會發揮才能，他們年年月月辛勤地工作，爲的只是怕事做的少，功績也少，得不到國君的賞識。他這種忠情終得到機會表現，於是爲國君所偏愛，言聽計從，重用其才。像這樣的國君一旦死了，就是要他們犧牲生命，追隨地下，也是他們所心甘情願的。所以詩說：「一朝長逝後，願言同此歸。」寫的是三良，其實所表現的是陶淵明他自己的想法。三良已經殉死了，無法贖回他們的生命；想想自己，更加傷心；三良能夠遇到這樣能重用其才的明君，而自己呢？所以結語說：「泫然沾我衣。」含意極爲深曲。

這首〈詠三良〉詩也寫出了許多胸懷壯志、有理想、有抱負的青年人的心聲。讀陶淵明詩，若能從這個角度去讀，你就會覺得他寫的就是你自己。

當他做了鎮軍參軍之後，剛好遇到海盜孫恩在江浙一帶作亂。他追隨劉牢之征討孫恩，到了浙江東海邊的上虞、會稽（今紹興）一帶。所以他在〈飲酒〉之十中說：

在昔曾遠遊，直至東海隅。

孫恩之亂持續了三年多，造成二十多萬人的傷亡，許多郡縣殘破，空無人跡。陶淵明親見戰亂造成的慘象，再加當日政治的黑暗，官兵也像強盜一般，所過搶掠一空。這對他原先「爲祿而仕」，「及時用世」的理想有了極大的打擊。因對現實失望，念親思鄉之情，也就自然產生了，因此有「靜念園林好，人間良可辭」的說法。

隆安五年（西元四〇一）七月，陶淵明奉命出使江陵（今湖北江陵）。大概是勸止桓玄想趁着孫恩之亂東來。這年冬天，他因母親過世，由江陵返鄉居喪。

二、歸隱以後

1.歸去來兮 到了晉安帝元興元年（西元四〇二）三月，桓玄從江陵入京，接管了政權，殺害了會稽王道子父子。劉牢之也自殺。二年十二月，桓玄篡位稱帝。三年，劉裕、劉毅、孟昶等人起義，討伐桓玄。桓玄兵敗，逃回江陵。劉牢之的兒子劉敬宣出任江州刺史、建威將軍。陶淵明又做了建威參軍。

義熙元年（西元四〇五），桓玄之亂，完全平定。安帝回到京城。劉毅因和劉敬宣有舊隙，反對劉敬宣爲江州刺史。陶淵明奉命入京，可能一方面代表敬宣慶賀安帝回京，一方面替敬宣呈送辭表，另一方面也爲替自己謀求出路。因此，八月他出任彭澤（江西湖口縣東）令，離家一百多里。

陶淵明的出任，原想做一些救國救民的事情，但當他一接觸到現實社會，才發現這個理想無法實現。幾年以來，他看到的是政治黑暗，藩鎮稱兵，盜賊蜂起，毒賦苛役，戰亂饑荒，瀕臨人間，老百姓的生活困苦極了。

現在劉裕等人討平了桓玄；這年初陶淵明奉使入京，原以爲有擧國團結、政治改革的新局面。哪知一切都沒有改變，大家仍然結黨結派，爭權爭利，彼此傾軋。有才幹誰會賞識，有意見言出禍生。因此，他認爲富貴多禍患，不如貧賤的肆志。再加他性剛情眞，既看不慣當日宦海渾濁，又不願同流合汚，又不能矯情阿世，適應官場。現在單爲了生活，屈居下僚，「心爲形役」，當然十分痛苦。再加地方官的送往迎來，勢所難免，更使他厭煩。勉勉強強，在彭澤做縣令，到十一月，剛好潯陽郡派了一個年輕的督郵到縣裏視察。他的屬下說：「陶縣令，督郵老爺來了，您要整衣束帶，招待拜見他。」我想這在他的心裏覺得十分難堪。跟他同時做劉牢之參軍的劉裕，已成了朝廷上要人，爲車騎將軍、徐兗青三州刺史。所以當他聽了要他向一個小督郵行大禮的時候，十分難過，說：我怎能爲一天五斗米俸給，向鄉里的小毛頭彎腰行禮呢？

於是陶淵明就有了「回去、不幹」的想法。剛好嫁給武昌程家的妹子去世的消息傳來，他就託詞奔喪，辭職回鄉去了。在職不過八十多天。這時他三十四歲。

回鄉之後，他寫了一篇「歸去來兮辭」，敍述他從思鄉到回鄉後的心境與生活情況。這篇文章，是大家所熟悉的，這裏就不再贅述了。

2.田園詩人　陶淵明的老家，在柴桑山，距今江西九江縣西南約九十里，是一個地僻人稀，風景美麗的小農村。他在柴桑山的家，有八九間草屋，十幾畝田地，桃紅李白開滿了廳堂的前面，十分絢爛，榆錢綠柳遮住後院的茅簷，一片濃蔭，園子裏有青碧的老松，籬笆邊長滿黃色的春菊，罇子裏有新釀的美酒，還養有許多鷄，還有小狗，環境的確非常優美。他回到了家鄉，決心永遠不再出去做官了，要靠種田，維持家計。於是他親自到田地上耕作，到園子裏種菜，在南山下加緊開墾荒地。南山，就是廬山。他種桑栽麻，早出晚歸，鋤草捉蟲，十分勤勞辛苦。工作回來，就在清清的溪邊洗腳洗臉，然後坐在門前簷下休息，看着遠處的村落，在昏暗的暮色下，輕輕飄起裊裊的炊煙，灰白的煙翳入了天際。小狗聽到了有人前來，就汪汪地要叫破了這一巷的靜。天一亮，大公鷄就飛上桑樹巔，拉長了脖子，喔喔的啼叫。這些農村的美景與生活情趣，都在陶淵明的「歸園田居」詩中表現了出來：

少無適俗韻，性本愛邱山，誤落塵網中，一去十三（一作三十）年。羈鳥戀舊林，池魚思故淵；開荒南野際，守拙歸園田。方宅十餘畝，草屋八九間，榆柳蔭後檐，桃李羅堂前。曖曖遠人村，依依墟里煙，狗吠深巷中，鷄鳴桑樹巔。戶庭無塵雜，虛室有餘閒，久在樊籠裏，復得返自然。（第一首）

他生活在這樣的環境中，自然會覺得與外面塵俗雜亂的世界隔離了，室中擺設雖然簡單，他卻覺得充滿了閒適。這才驚覺自己好像久在樊籠中的鳥兒，又飛回了大自然。有時，他在田間工作晚了，踏着滿地銀粉一般的月光，肩上扛着鋤頭，慢慢地走了回來，常常讓清涼的夜露霑濕了衣裳。於是他又寫道：

種豆南山下，草盛豆苗稀，晨興理荒穢，帶月荷鋤歸。道狹草木長，夕露霑我衣；衣霑不足惜，但使願無違。（第三首）

在月光下，他扛着鋤頭回來：這是多具象化的描寫。這時他們談的都是「桑啊麻呀，長的好吧」這一類農家的事，他所擔憂的是風雨霜雪，所盼望的是收穫時能夠豐收，這樣一家人就不愁衣食，隱居避世的願望就能夠實現了。所以工作至月出露重，露濕了衣裳，也不覺得可惜，也不覺得辛苦了。

他工作了一天，勞累得很；陶淵明在夜裏常常喝幾杯酒，忘記了勞累，就一枕酣睡到了天亮。有時也殺隻鷄，請近鄰親友來喝酒，太陽西落了，夜裏燃着松香木柴，在閃閃的火光映照下，他們痛痛快快地喝酒，談笑，直到了天亮。他又寫道：

山澗清且淺，可以濯吾足。漉我新熟酒，隻鷄招近局，日入室中闇，荆薪代明燭，歡來苦夕短，已復至天旭。（第五首）

這些「歸園田居」時，全用白描的手法，不加修飾，就把他歸隱後生活，農家平淡閒適的景象，非常眞實親切地表現了出來。所以梁啓超說：「陶淵明是農村美的化身。」在這時，他努力的耕作，高興的喝酒，閒適的彈琴讀書，嘯歌賦詩，以得其樂，以忘其憂，在自己的小天地中創造了他理想的生活世界。

這時，陶淵明才眞正成了一個千古不朽的田園詩人，他不斷地吟唱，寫下了許多優美閒適的詩篇，他把自己的情懷傾訴，他把田園的生活描繪，他把自然的生活歌頌。這時，他是一個農夫，是一個隱士，又是一個詩人，產生了許多偉大的田園詩。

3. 詩中有哲理　陶淵明寫詩寫得好的地方，是他時常在詩歌中，闡說人生哲理，就是在他十幾句的短詩中，常有一兩句警句，含有極精闢的道理，能夠發人深省，改變人生看法。所以他的作品，文字雖然十分平白，讀來卻十分有深味。

晉安帝義熙五年（己酉、西元四〇九）重陽節，陶淵明作了一首〈己酉歲九月九日〉詩，寄託他的感想：

靡靡秋已夕，淒淒風露交，蔓草不復榮，園木空自凋，清氣澄餘滓，杳然天界高，哀蟬無留響，叢雁鳴雲霄。「萬化相尋異」，人生豈不勞？從古皆有沒，念之中心焦。何以稱我情？濁酒且自陶。千載非所知，聊以永今朝。

開頭八句，他描寫慢慢到了秋深時節，他發現自然景象的變化：「風寒露重，草凋葉落，氣清天高，蟬去雁來」，由這些景象的變化，引起他一些感觸。自然景象爲什麼要發生變化呢？春要變成夏，夏要變成秋，秋要變成多，多又要變成春。他認爲這都是受「萬化相尋異」的自然法則控制。異，就是不同。萬物都在尋求跟過去不同，跟以往不同，跟昨日不一樣，因此不斷發生變化，尋求變化。萬物如是，人生亦如是，世界上各種事情也是這樣，「人」一生都忙着「尋異」；這樣生活，自然非常勞苦。就拿現代時髦女性的服裝來說，天天都在「尋異」，求新異款式，由迷你變成迷地，由寬寬的喇叭褲，變成今年輕軟搖曳生姿的裙子。還有女人的化妝，也天天在尋異，髮型不斷變化，把一張臉描畫得新奇古怪，紅紅綠綠，精神時間都花在這裏，又怎能過他閒適的生活，多作一些有意義的事呢？還有一些人天天都在忙着追求名利，求新地位，求新財富，終其一生都在「尋異」，當然也就不能悠閒過活，而勞碌至死了。所以「萬化相尋異，人生豈不勞？」的確是一句至理名言，含有深味的話。不過也由於人類不斷尋求新異，促使世界的進步，產生了許多新的東西。陶淵明的作品中，常有這一類富有哲理意味的佳句，教人沉迷而頓悟。

4. 火災與移居　義熙四年（西元四〇八）六月間，陶淵明不幸遇到火災，八九間草屋一下子燒光。他受此嚴重打擊，並不自怨自艾，仍努力耕作，打算重建家園。他認爲遭遇一切變故不幸，只要能順其自然，泰然處之，心靈就自然安適；只要心志能堅定不移，玉石也比不過他剛強；這種隱逸的生活就可以繼續維持下去。所以他在〈戊申歲六月中遇火〉詩中，說：

形迹憑化往，靈府長獨閑；貞剛自有質，玉石乃非堅。

眞是「處變如常」的靜者，對於禍福窮通，都已看得透徹極了。六年，他由柴桑山，遷居附近的南村去。南村，就是南里，一稱栗里，在廬山南金輪峯麓歸宗寺西約五里，屬江西星子縣境（時稱南康府），與殷景仁等人爲鄰，作有〈移居〉詩二首。他認爲要求生活的安定，必須努力耕作。他說：「衣食當須紀，力耕不吾欺。」這樣生活能夠自足，精神自然愉悅。

5. **飲酒與寫詩**　魏晉人喜歡喝酒，阮籍、嵇康、劉伶、胡毋輔之、周顗、孔羣、王羲之、張翰等名士，放情酣飲，託身醇酒，以逃避世網。陶淵明在這種風氣下，也喜歡喝酒。他在〈五柳先生傳〉中，說他自己「性嗜酒，家貧不能常得；親舊知其如此，或置酒而招之；造飲輒盡，期在必醉，既醉而退，曾不吝情去留。」酒喝得高興，就寫詩表現自己的情志。所以又說：「酣觴賦詩，以樂其志。」所以在他的作品中，歌頌飲酒樂趣的非常多。在他的一百二十六首詩中，他用了跟「飲酒」有關的文字，有「酒、酣、醉、醇、飲、醪、斟、酌、餞、酤、壺、觴、杯罍」等十幾字，總算起來共出現了九十幾字處，其中單「酒」一字，就出現了三十二個；標名與「酒」有關的詩，有〈飲酒詩〉二十首，〈連雨獨飲〉一首，〈止酒詩〉一首，〈述酒詩〉一首，共二十三首，約佔全集五分之一。這些作品，大都寫得極好。如〈連雨獨飲〉說：

故老贈余酒，乃言飲得仙。試酌百情遠，重觴忽忘天。

說只有飲酒才可得到神仙一般的快樂，小酌兩三杯，就會百情俱遠，憂勞頓失，多喝幾杯，甚至連「天」也渾然忘掉了，那麼人間的什麼榮利浮名，都可以像泥塵一樣的擺落了。細讀陶淵明的〈飲酒詩〉，自能品味到飲酒之樂趣。

有關陶淵明的飲酒的軼事很多，也是大家所熟悉的，這裏也不再贅舉了。

6. 虎溪三笑　陶淵明隱居時，時常在廬山謁晤慧遠法師，而且跟隱居廬山上的劉遺民、周續之等爲友，有時也遇到陸修靜道士，一起聚談。

他們三人的年齡，慧遠法師最大，比陶大三十八歲，最年輕的是陸修靜。

慧遠山居三十多年，影不出山，跡不入俗，送客常以虎溪橋爲界限。相傳有一天，慧遠和陶潛、陸修靜談道，邊走邊談，不知不覺走過了虎溪橋好幾百步，山上的老虎就大聲叫了起來。他們三人才相視大笑而別。

一個和尚，一個詩人，一個道士，再加上一隻老虎，自然構成一個極動人的故事——虎溪三笑，就流傳了下來，成爲陶淵明有名的軼事之一。

陶淵明因爲與名釋慧遠、道士陸修靜爲方外交，自然也受佛道二教的影響，在他的作品裏，也常見痕跡，如說：「人生似幻化，終當歸空無」；「一生復能幾？倏如流電驚」；「吾生夢幻間」：將人生看做「夢幻」、「幻化」、「倏如流電」。這種無常迅速、忽生忽滅的人生觀，和佛教徒所說「一切有爲法，如夢幻泡影，如露亦如電，應作如是觀」，自有相通關連的地方。至於道教的異書秘笈《山海經》、《穆天子傳》，陶淵明居家閒暇，不但喜歡讀它，而且也喜歡用這些神仙浪漫的傳說故事作題材，寫成了十三首〈讀山海經〉詩。《續搜神記》，相傳也是陶淵明寫的。但他在思想方面，對佛、道二教，卻也有他不贊同的地方。對神仙之說，雖然喜歡，卻不相信眞有成仙的事。慧遠認爲「形盡神不滅」，他卻信「形神俱化」之說。他所作〈形影神〉詩，逯欽立說：就是批評東晉佛道二教思想的作品。

7. 桃花源故事　陶淵明最有名的作品，是〈桃花源記〉與〈桃花源詩〉。這是描寫他心目中的理想世界。這是一個與人世完全隔絕的非常完美安樂的世界。〈桃花源記〉描述：

晉孝武帝太元年間，武陵（今湖南常德縣）有一個打漁人，沿着一道淸溪上行，忽然遇到一片落英繽紛的桃花林。在這桃花林的盡頭，發現了一座山，山有小洞。他從那狹小的山洞進去幾十步，到了一個世外世界。裏面是：

> 豁然開朗，土地平曠，屋舍儼然，有良田、美池、桑竹之屬，阡陌交通，鷄犬相聞。其中往來種作，男女衣着，悉如外人，黃髮垂髫，並怡然自樂。……村中聞有此人，咸來問訊，自云：「先世避秦時亂，率妻子邑人來此絕境，不復出焉，遂與外人間隔。」問今是何世？乃不知有漢，無論魏晉。……

這是一個與人世完全隔絕的而非常完美安樂的世界。這裏沒有暴政徭役，沒有改朝換代，沒有動亂與戰爭。這裏土地空曠，房屋整齊，有肥沃的田野，美麗的池塘，蔭蔽的桑樹竹林，田間道路，交錯通達，處處可聽到鷄啼狗叫。在這樂土中，青年男女努力耕田種地，採桑養蠶，日出而作，日入而息。有的是家家豐衣足食，人人相親相愛，幼小的兒童快樂地在玩兒唱歌，年衰的老人也不必再工作了，可以安閒地過日子，到處遊逛，訪友聊天。所以詩說：「童孺縱行歌，斑白歡游詣。」

陶淵明的桃花源故事所描述的世界，的確令人羨慕嚮往。但他依據什麼素材來寫這個故事呢？前人對這個問題已加研究，有種種說法。我在拙著《陶潛詩箋註校證論評》一書中，已加列述。這裏僅就我個人對這個問題的看法，加以說明。

我認爲陶淵明所寫的〈桃花源〉是一個寓言性的故事，只是陶淵明自己的生活與思想的一種反影。現在分述如下：

第一、〈桃花源記〉的開頭所寫：漁人沿溪而行，忽逢桃花林，並在林盡頭，發現山上有一個小洞口。

這個內容，陶淵明從自己生活中就可以尋到素材，不必遠求。陶淵明住過的地方，像柴桑里、栗里，雖都在廬山下，卻也都靠近水邊，所以在他的詩文中時常提到乘舟揚檝的事。如〈歸去來兮辭〉：「將有事於西疇，或命巾車，或棹孤舟。」〈丙辰歲八月中於下潠田舍穫〉詩：「揚檝越平湖，汎隨清壑廻。」至於山間有洞，也是極平常的事。廬山上有許多山洞，自不待言；像五老峯南後屏山上，就有唐朝李渤隱居住過的白鹿洞。後來朱熹在這附近設立白鹿洞書院，成為南宋名區之一。因此，陶淵明就他自己的生活經驗架構成〈桃花源記〉的開頭一段內容，也是頂自然的事。

第二、〈桃花源記〉的中間，寫漁人進入洞口後見到的世外世界；這當然是虛構的，但也不是憑空虛構的，而是他厭惡戰亂的人世，而產生的理想世界。陶淵明所以辭官回鄉，隱居種田，原因雖多，主要還是由於當日不斷的戰亂。陶淵明所處時代，除了一次為了抵抗異族苻堅侵略而發生的肥水之戰（西元三八三），兩次為了光復失土而發動北伐慕容燕（西元四一〇）與姚秦（西元四一六——七）的戰爭之外，其他在宋武帝劉裕篡位代晉（西元四二〇）之前，東晉的國內經過了十一次戰亂。其中有藩鎮稱兵，海盜叛亂，有朝廷與地方衝突，有劉裕剪除異己，大都是為了爭權奪利而發生的：

(1)王恭、殷仲堪、桓玄連兵聲討王國寶（西元三九七）。

(2)王恭、庾楷、殷仲堪、桓玄、楊佺期等連兵，反對會稽王道子、元顯父子削弱方鎮，元顯利誘劉牢之擊滅王恭（西元三九八）。

(3)桓玄襲滅殷仲堪、楊佺期（西元三九九）。

(4)海賊孫恩為亂，抄掠東土，兵敗自殺（西元三九九——四〇一）。

(5)桓玄自荊州起兵，入京奪權，殺害道子、元顯（西元四〇二），篡位稱帝（西元四〇三）

(6)劉裕、劉毅、諸葛長民等起義，討平桓玄（西元四〇四——五）。

(7)譙縱殺害毛璩，割據蜀地，朝廷屢討無功（西元四〇五——七）。

(8)孫恩餘黨盧循從廣州入寇江、雍、荊、揚，進逼京師，被劉裕、杜慧度擊敗，而自殺身死（西元四一〇——四一一）。

(9)劉裕剪除異己，殺害謝混、劉藩突襲荊州，迫劉毅自殺（西元四一二），又殺害諸葛長民、黎民兄弟（西元四一三）。

(10)劉裕遣朱齡石討滅譙縱（西元四一二——三）。

(11)劉裕為剷除晉室的殘餘勢力，而起兵征討司馬休之、魯宗之（西元四一五）。

在短短的二十多年間，幾乎沒有一年，沒有戰爭，沒有變亂。陶淵明曾經親自參加兩次戰爭，第一次為鎮北將軍劉牢之的參軍征討孫恩，直至東海邊；第二次為建威將軍劉敬宣的參軍支援討伐桓玄的篡逆叛亂。他親自看到戰亂造成東土郡縣的殘破，家鄉附近的農村成為荒墟，許多人民逃亡與死沒的慘況，經歷了從征羈役的哀傷與痛苦。《晉書・劉毅傳》記載：劉毅在義熙七年（西元四一一）曾上表皇帝，陳述人民的痛苦，說：

自桓玄以來，驅蹙殘敗，至乃男不被養，女無匹對，逃亡去就，不避幽深。

陶淵明經過長期戰亂的痛苦，當然深切希望能夠過安定的生活。他所以退隱僻鄉，從事耕作，四體誠疲，生活也不能說不苦，但他認為這樣，能夠與外面動亂的世界隔絕，可以給自己、給子孫帶來一個安定無禍患的生活。所以他在詩裏說：「庶無異患干」，「所保詎乃淺」。他隱居故鄉，目的也是希望在這個戰亂不停的現實世界之外，尋求一個避亂之所罷了。所以他希望在這個戰亂世界之外，能夠有一個風氣淳樸、物產豐足、生活安樂的理想中的「烏托邦」，這也是很自然產生的一種想法。

陶淵明在〈桃花源記〉與〈桃花源詩〉中，描繪出這樣一個與外界戰爭變亂完全隔絕的樂士，自是這種心理與理想具體的表現。所以他在記中說：

先世避秦時亂，率妻子邑人來此絕境，不復出焉，遂與外人間隔。問今是何世？乃不知有漢，無論魏晉。

陶淵明〈勸農〉詩說：「民生在勤，勤則不匱。」要求生活安樂，必先努力工作，因此他在〈桃花源詩〉中所寫：「相命肆農耕，日入從所憩，菽稷隨時藝，春蠶收長絲……。」這也只是將他自己從事農耕工作的態度，以及在農村生活的情況，搬到作品裏去罷了。

還有廬山釋慧遠當時已將廬山造成一個世外世界，不受朝廷管制。慧遠本身在廬山三十四、五年，足跡未嘗走出廬山一步。慧遠並發表一篇〈沙門不敬王者論〉的文章，可說已有意想將廬山儘量與外界隔絕了。當日遷居廬山，追隨慧遠的隱逸，像劉遺民、張野、周續之、張銓、宗炳、雷次宗等人，早先都不肯接受徵聘，都有離羣索居、與世隔絕的想法。

我想陶淵明在〈桃花源〉的故事裏，描寫與外界間隔的烏托邦，多少也有一點受慧遠法師的影響吧！

第三、記中所寫的，只是一個烏托邦，在現實生活中畢竟是找不到的；所以陶淵明在〈桃花源記〉結尾，要安排漁人出來後，再去找，終於迷路，找不着了。他又依託太元間喜歡遊山逛水的聞人劉子驥聽了這事，也想前去，說：

南陽劉子驥，高尙士也，聞之，欣然規往，未果，尋病終，後遂無問津者。

來加強這篇寓言虛構的故事的眞實性。這種寫法當然是很高明的。

我們讀了陶淵明〈桃花源〉故事後，希望在我們這個現實世界上，能夠處處建立起像故事中所描寫的那樣和平安樂的世界，沒有戰爭，沒有動亂，人人努力工作，安居樂業，家家生活富足，怡然自得。

三、晚年生活

人到了五十歲，無論心境與體力，都逐漸跟年輕時候不同了。陶淵明到了晚年，孩子都已長大，結婚生子，食口更多，生活日見艱難，但他覺得在這動亂的時代，能夠和子孫住在一起平平安安地過活，閒暇寬裕時能夠和親友近鄰痛快地喝酒，農閒時候可以睡早起晚，這種生活已經不錯。雖然有時因爲饑寒，也不免激憤，而牢騷滿腹：不過達觀、看透人生的時候，總是居多。

他體會到人間的富貴榮華難以久居，人事盛衰變動無常，青春貌美也會老醜難看。所以他說：

榮華難久居，盛衰不可量；昔爲三春蕖，今作秋蓮房。（雜詩之三）

他認爲太陽西落了，第二天還會再放出燦爛的光輝；月亮殘缺了，還有再圓的時光；甚至草木枯悴了，到了明春霑了雨露，又會再抽出嫩芽綠葉，開滿鮮花兒，只有人的青春年華消逝了，就不能再恢復了。當然每個人都有過一時的美滿。這就像：

皎皎雲間月，灼灼葉中華；豈無一時好？不久當如何！（擬古之七）

只是這種美滿的好時光，不能長久罷了。

陶淵明每當回憶起年輕時的往事，就十分感傷，而且喜歡對兒孫講述這些往事，常講到他的兒孫都聽到厭煩了。有時他在月夜裏睡不着，就一人喝悶酒，想起自己少壯時代，進德修業，猛志橫逸，仗劍遠遊，結交朋友，很想作一番轟轟烈烈的事業。結果呢？卻終老故鄉，一事無成。他想到這裏，也不免感慨萬千，說：

日月擲人去，有志不獲騁；念此懷悲悽，終曉不能靜！（雜詩之二）

思潮像狂浪湧來，再也睡不着了，而澈夜失眠了。現在舉〈雜詩〉之五，以見他晚年的心境：

憶我少壯時，無樂自欣豫，猛志逸四海，騫翮思遠翥。荏苒歲月頹，此心稍已去，値歡無復娛，每每多憂慮，氣力漸衰損，轉覺日不如。壑舟無須臾，引我不得住。前塗當幾許？未知止泊處。古人惜寸陰，念此使人懼。

寫他自己年輕時的心情跟年老時的心情，大不相同。年輕時就是沒有什麼可樂的事情，也自然感到快樂。因爲那時心中充滿了壯志、理想與快樂，好像飛鳥一樣，舉起翅膀，想飛得遠遠的。時光不停飛逝、遠去：現在這些壯志、理想與年輕愉快的心情，都隨着歲月而衰頹，漸漸地離我們去了，人生閱歷多了，家庭負擔沉重了，憂煩顧慮也漸漸多了，遇到快樂的事不再覺得快樂了。頭上的白髮一根一根閃現了出來，形貌一天比一天衰老，自覺體力也大不如從前，當然更感到去日無多，前途漸窄。老年人的生命，就像溪壑中的行舟，順着流水下去，不能停住。只不知要停泊何處？前途還有幾許呢？所以他認爲年紀大了，更應該愛惜光陰，愛惜每一寸的光陰，所以我們應該好好利用每一寸光陰，多做一些事情吧。他把老年人的心境，非常深切地描述了出來。

雖然如此，但當他心境恢復平靜時，又再達觀了起來。這時，他又會說：

家爲逆旅舍，我如當去客。去去欲何之？南山有舊宅。（雜詩之七）

陶淵明終於在宋文帝元嘉四年（丁卯、西元四二七）秋九月病故，他自己寫了一篇〈自祭文〉和三首〈挽歌詩〉，來祭悼哀挽自己。他的朋友顏延之也替他作一篇誄文紀念他，諡曰「靖節先生」，蓋取「寬樂令終曰靖，好廉克己曰節」。安葬在面陽山東。

結語

由我這抽樣的介紹，我想各位可以了解：爲什麼我們都喜歡陶淵明，主要是由於陶淵明的生活態度與心裏的想法，就是我們許多人的生活態度與心裏想法。他年輕時充滿了熱情與抱負，勇敢地戀愛，努力地工作，做了父親，就用心照顧兒女，希望兒女能夠成才；隱居在家，就不辭辛勞，耕田灌園，求生活的安定，求心境的閒適。他對老年人的心情描寫尤其深刻。他的作品，可以說寫出了我們每一個平凡人生每一階段的感受。

（民國六十七年十月《中華文化復興月刊》第十一卷第十期）

謝康樂評傳

宋文帝元嘉是我國山水文學開始興盛的時代。這時的文士詩人都極力用美麗的新詞，深刻的手法來描寫山水風景。劉勰說：

宋初文運，體有因革，莊老告退，而山水方滋，儷采百字之偶，爭價一句之奇，情必極貌以寫物，辭必窮力而追新，此近世之所競也。（《文心雕龍‧明詩篇》）

謝靈運是這個時代中最有名的山水詩人。鍾嶸推稱他說：「才高詞盛，富豔難蹤，為元嘉之雄。」（《詩品‧序》）。又說他的詩：「源出于陳思。雜有景陽之體，故尚巧似，而逸蕩過之，頗以繁蕪為累。嶸謂若人，與多才高，寓目輒書；內無乏思，外無遺物。其繁富宜哉；然名章迴句，處處間起，麗典新聲，絡繹奔會；譬猶青松之拔灌木，白玉之暎塵沙，未足貶其高潔也。」（《詩品》上）白居易讀謝靈運詩說：

吾聞達士道，窮通順冥數；通乃朝廷來，窮卽江湖去。謝公才廓落，與世不相遇；壯士鬱不用，須有所洩處；洩為山水詩，逸韻諧奇趣。大必籠天海，細不遺草樹。豈惟翫景物？

亦欲攄心素。往往卽事中，未能忘興諭；因知康樂作，不獨在章句。（《白氏長慶集》卷七）

由此，可知他因才高不遇，寄情山水，所至輒詠；繁博新麗，亦用以抒懷興喻。我們要理解他的作品，先要知道他的身世與際遇。尤其是他的山水詩，跟他的芳躅履跡有關，幾乎每一首都可以從他的事蹟而考出寫作時代。

謝靈運，陳郡陽夏（河南太康）人，晉孝武帝太元十年（西元三八五）生於會稽（浙江紹興）。他的家人因爲子孫難得，送他到錢唐杜明師處教養，到十五歲才回京都，所以小名「客兒」（見鍾嶸《詩品》上）。錢唐，是浙江杭州，風景優美，自不必說了；就是他的故居會稽，也是山水秀麗的地方，所謂「千巖競秀，萬壑爭流」，「從山陰道上行，山川自相映發，使人應接不暇。」（《世說新語．言語篇》）他幼年時期的這種生活環境，對他後來喜歡遊山逛水，高棲山林，自然有影響，可以說早已「滋育了他對自然美的愛好」（見張秉權〈論謝靈運〉）。

他出身世族，祖父謝玄是太元八年（西元三八三）淝水戰役大敗苻堅的名將，勳績彪炳，功封康樂公。父親瑍爲秘書郎。由於他有優越的家境，穎悟的天賦，受教育很早，做學問的範圍很廣泛，他在山居賦中說，平生之所流覽，遍及六藝九流國史家傳篇章論難兵技醫日龜策筮夢風角冢宅算數律歷之類書，可見他學問淵博。他還工書畫《宋書》本傳說他「詩書皆兼獨絕，每文竟，手自寫之；文帝稱爲二寶」。又兼精通釋典，由集中〈辨宗論〉，可見當時的名釋法勗、僧維、慧驎、法綱等，都曾向他討教禪理，所作〈維摩經十譬贊〉，深得佛意，〈緣覺聲聞合讚〉、〈佛影銘〉、〈曇隆法師誄〉、〈慧遠法師誄〉，〈詩有淨土詠〉、〈石壁立招提精舍〉等，都是與佛教有關的文字。可見他多才多藝，學問博雜，這是一般詩人所難相比。由於他高才博學，能排除膚語膚音，振以新詞雅道，所以他的文章之美豔富麗，冠絕江左。也由於博學負才，傲俗輕人，後來終致殺身之禍，和他的這種顯赫的家世不無關係。

靈運在晉安帝元興元年（西元四〇二）襲康樂公，除散騎常侍不就。義熙元年（西元四〇五）為琅邪王大司馬德文的行軍參軍（見臧榮緒《晉書》）。他在京裏，為從叔謝混所知愛，常共宴處，謂「烏衣巷之遊」《宋書．謝弘微傳》。他生活豪華，車服鮮麗，裳物多改舊制，像戴曲柄笠（《世說新語．言語篇》），穿木屐爬山，上山去屐的前齒，下山去後齒（《南史．謝靈運傳》）。世人宗之，稱為「謝康樂」。他這種的愛美喜新的本性，表現在作品中，自然形成「麗典新聲，絡繹奔會」的現象了。

在宦場上，他先任撫軍將軍劉毅的記室參軍；毅鎮江陵（湖北江陵縣），又以為衞將軍從事中郎。毅伏誅，劉裕版為太尉參軍。入為秘書丞，坐事免官。後又起為驃騎將軍劉道憐的諮議參軍、中書侍郎、宋國黃門侍郎等官。

晉安帝義熙十二年（西元四一六）冬，他奉使前往彭城（江蘇銅山縣），慰勞劉裕西伐長安的大軍，除作有〈撰征賦〉外，並作有〈彭城宮中直感歲暮〉、〈九日從宋公戲馬臺送孔令〉等詩。返後，仍任宋國黃門侍郎；遷相國劉裕從事中郎、世子左衞率，再度因殺人免官。

晉恭帝元熙二年（西元四二〇），劉裕代晉，建立宋朝。靈運所作〈豫章行〉：「苟無廻戈術，坐觀落崦嵫。」似用日落崦嵫，暗喻晉室的衰亡。這時，他降爲康樂侯，食邑也從三千戶削減爲五百戶，時年三十六歲。這事在他那樣負才傲物的人想來，心裏也許是不愉快的。張溥題辭說：

夫謝氏在晉，世居公爵，凌忽一代，無其等匹；何知下伾徒步，廼作天子；客兒比肩等，夷，低頭執版，形跡外就，中情實乖。

張溥的看法，不無道理。當宋武帝時，他在朝多失禮度。宋武帝也未曾重用他，史稱他「常懷憤憤」。他爲皇太子義符左衞率；但他和顏延之、慧琳，卻跟廬陵王義眞情款相賞。義眞，爲宋武帝次子，聰明愛文義。義眞常說；「得志之日，以靈運、延之爲宰相。」（見《宋書・武三王義眞傳》）。可能因此得罪太子。宋武帝永初三年（西元四二二）五月崩，太子嗣位爲帝，遂爲司空徐羨之等所誣，以「構扇異同，非毀執政」，七月出爲永嘉（浙江永嘉）太守，年三十八歲。

他乘船上任，和義眞等爲別，作有〈永初三年七月十六日之郡初發都〉詩：「將窮山海迹，永絕賞心晤。」又作有〈鄰里相送至方山〉詩：「解纜及流潮，懷舊不能發。」抒寫他的感恩念舊的別情。方山，在建康東。

這時，他趁便回會稽東山西始寧別墅，修葺祖業，作〈過始寧墅〉一首，說：「剖竹守滄海，枉帆過舊山。」又說：「揮手告鄉曲，三載期歸旋。」已有歸隱山棲的打算。他不由海道，從內河往永嘉，所以溯浙江，經富春城（浙江富陽縣）、桐廬（桐廬縣）而行。其間每遇好山水，就詠詩紀遊。如〈富春渚〉、〈初往新安桐廬〉、〈七里瀨〉、〈夜發石關亭〉等，當都是這時路上所作。

靈運到永嘉後，爲政但求清簡，只提倡種桑，以富人民；招請學者講書，想藉教育的力量，造成良俗。作有〈種桑〉、〈命學士講書〉等詩。永嘉民風淳樸，常寂寂無事，他常肆意遍遊近郊鄉邑，名山勝水，一去常常十天半個月，不大關懷政訟。這可見他愛好自然的本性，也可見他任性的地方。他在永嘉不及一年，遊踪履跡所至，有詩可稽者，有〈登池上樓〉、〈晚出城西射堂遠眺〉、〈遊南亭〉、〈過瞿溪山飯僧〉、〈登綠嶂山〉、〈郡東山望溟海〉，〈至樂清縣西白石巖下徑行田〉，〈行田登海口盤嶼山觀日出〉、〈登上戍浦石鼓山〉、〈永嘉江中孤嶼〉、〈去瑞安縣遊嶺門山〉、〈遊赤石進帆海山〉；都賦詩記遊，刻畫山水，抒寫情感。

宋少帝景平元年（西元四二三）秋，大概患消渴症，終辭職回鄉；所以他〈初去郡〉詩說：「有疾似長卿。」他的從弟晦、曜、弘微等都不贊成。他終仍辭職。他在〈歸塗賦序〉中說：「今量分告退，反身草澤。」賦又說：

時旻秋之杪節，……發青田之枉渚，逗白岸之空亭，路威夷而詭狀，山側背而異形，停余舟而淹留，搜縉雲之遺迹，漾百里之清潭，見千仞之孤石，歷古今而長往，經盛衰而不易。

由此，可見他回鄉的路程及決心。他是泝甌江，過浙江青田、處州（今麗水縣），沿惡江（今名好溪），抵縉雲，捨舟登馮公嶺，出東陽，過嵊縣，回到會稽始寧（在今浙江上虞西南）故居。路上也寫了一些詩篇。〈過白岸亭〉詩說：「榮悴迭去來，窮通成休慼，未若長疎散，萬事恒抱朴。」他辭職歸鄉，實在是看破富貴榮華的不足恃，所以想抱朴棲隱。〈東陽溪中贈答〉二首，當是這時所作。

他回到始寧後，臥病東山，將祖居別業大加修營，傍山帶水，盡幽居之美，並於南嶺北阜，建招提精舍，包括經臺講堂，禪室僧房，研究佛典禪學，並和隱士王弘之、孔淳之等縱放山林，垂綸江上，有終老於斯的意思。這時，他有牋與廬陵王義眞說明自己隱遁會稽的事。並作有〈山居賦〉，言「山居多暇，懷愁含笑，精慮詩賦，言志敷事」。這時，他每作一詩，流傳到了都邑，貴賤莫不傳寫，名震京師，作品有〈初去郡〉、〈田南樹園激流植援〉、〈石門新營所住四面高山迴溪石瀨茂林修竹〉、〈石壁立招提精舍〉、〈石壁精舍還湖中作〉、〈南樓中望所遲客〉等。〈登石門最高頂〉、〈石門巖上宿〉，可能也是這隱遁山棲時作品。

宋少帝失德，執政徐羨之陰謀廢立，按次應該立南豫州刺史廬陵王義眞，但徐羨之屬意宜都王義隆，乃因義眞和宋少帝不和，於景平二年（西元四二四）正月，奏廢義眞爲庶人，徙新安郡；未幾又派使者殺義眞；五月徐羨之發動兵變，廢少帝；六月弒帝；七月迎鎭西將軍宜都王義隆；八月卽位，史稱宋文帝。政局發生大變動，尤其義眞的死，對謝靈運打擊尤大，作有〈宋廬陵王誄〉來哀悼這位賞心知已的好友。

宋文帝於元嘉三年（西元四二六）正月，以弒義眞的罪，誅徐羨之、傅亮等大臣，爲着安定新變的局面，義眞的舊人紛紛再被籠絡禮遇，顏延之被徵爲中書侍郞，尋轉太子中庶子，頃之領步兵校尉。靈運爲康樂公謝玄之後，言論風采，爲世所宗，亦加籠絡，徵召爲秘書監。這時，他似乎已經無意出仕，再召不起。宋文帝又使光祿大夫范泰和顏延之敦獎勸駕。范泰先朝老臣，名望極高。靈運不得不出。作有〈還舊園作見顏范二中書〉詩，敍述山棲的舊意。他入京之際，途經丹徒廬陵王義眞墓下，作詩痛悼，寄他的深誼，哀慘非常。

他到京後，宋文帝使他整理秘閣圖書，補足缺文。《隋書・經籍志》一，說：「宋元嘉八年秘書監謝靈運造四部目錄大凡六萬四千五百八十二卷。」但是《唐書・經籍志》上則少了「六萬」二字，說：「江表所存官書凡三千一十四卷，至宋謝靈運造四部書目錄，凡四千五百八十二卷。」文帝並令他撰著晉朝歷史。他粗立條流，書竟未就。《隋書・經籍志》二，著錄有他所撰《晉書》三十六卷。由卷數之少看來，可能是初創未完成的著述。不久，他遷爲侍中，日夕引見，賞遇甚厚。他的詩與書法，兼絕一時，宋文帝稱爲二寶。他既名輩才能都應參與時政，他未嘗不想像他的祖父一樣的幹一番轟轟烈烈的事業，由後來他告病出京時所作〈勸伐河北表〉說：

　　北境自染逆虜，窮苦備罹，徵調賦斂，靡有止已，所求不獲，輒致誅殞，身禍家破，闔門比屋，此亦仁者所爲傷心者也。

可見他想驅逐胡虜復國救民的心懷；但由於他和宋文帝沒有淵源關係，宋文帝只加羈縻寵遇，然卻不敢重用他，所以只以文義相接，每侍宴會談賞罷了，像詞臣客卿，投閒置散，進退兩難。事實上，他自宋武帝卽位後，就是如此；所謂「進德智所拙，退耕力不任。」所以他多稱病不朝直，驅課公役，穿池植援，種竹樹堇，或出城遊山逛水，有時一日百六七十里，成十日不回來，既沒有表聞，也不請假。於是把他的任性傲物、輕忽朝廷的心事，幾等於毫不掩飾的流露了出來。這在他的〈擬魏太子鄴中集〉八首詩序中，更可以看了出來。他說：

梁孝王時，有鄒枚嚴馬，遊者美矣，而其主不文；漢武帝備應對之能，而雄猜多忌，豈獲晤言之適？

把自己在宋武、文二朝的處境際遇，譬況了出來，以漢武帝譏宋文帝。他那種常常不假出遊輕忽朝廷的舉動，可能使文帝感到不愉，乃諷旨令他自動辭職。他就上表告病，得賜假東歸，將行，上〈勸伐河北表〉。並作有〈入東道路〉詩。

他回到會稽始寧後，遊娛宴集，以夜續晝，又被御史中丞傅隆彈劾，因此免官。這時是元嘉五年（西元四二八）。

他在始寧和族弟惠連、東海何長瑜、潁川荀雍、太山羊璿之，以文章賞會，常作山澤之游，時人稱做「四友」。

他因父親留下的產業不少，奴僮又多，義故門生幾百人，一起鑿山浚湖，登山上嶺，尋幽覓勝，曾從始寧的南山，砍樹開路，直到臨海（在今浙江臨海縣東南）。臨海太守王琇驚懼，還以爲山賊前來犯境。在會稽也常聚徒衆遊山逛水，驚動縣邑。

這時的作品，有〈會吟行〉、〈於南山往北去經中瞻眺〉、〈從斤竹嶺越嶺溪行〉、〈石室山〉、〈酬從弟惠連〉、〈登臨海嶠初發彊中作與從弟惠連見羊何共和之〉等詩。

靈運任性放達，恃才傲俗，所以看不起會稽太守孟顗事佛的精懇，曾諷刺顗說：「得道應須慧業，丈人生天當在靈運前，成佛必在靈運後。」又和王弘之這些人，出千秋亭喝酒，裸身大叫。孟顗寫信給他。他大怒說：「身自大呼，何關癡人事。」因此得罪孟顗。他回鄉三年，先是要求決會稽回踵湖，後來又要求始寧岯崲湖爲田；孟顗都託辭百姓惜之，不肯撥給。他言語毀傷，說顗「不是存心利民，只慮決湖多害性命。」因此結怨，形成仇隙。孟顗因上表誣陷他橫恣有異志，派兵防衞，偵邏縱橫。元嘉八年（西元四三一），靈運乃趕進京裏詣闕上表自辯說：

未聞俎豆之學，欲爲逆節之罪；山棲之士，而構陵上之釁。

宋文帝雖然知他受枉，未加罪責，似乎也未能釋疑，不願意他東歸始寧，派他出任臨川（江西臨川）內史，賜秩中二千石。

這一年冬天，他有〈初發石首城〉詩：「故山日已遠，風波豈還時?」這次臨川之行，實等於遠放。一路上作詩，多述他對故鄉的懷念。元嘉九年（西元四三二）春天，他仍在道路上，有

〈道路憶山中〉詩：

楚人心昔絕，越客腸今斷。斷絕雖殊念，俱爲歸慮款。在鄉爾思積，憶山我憤懣。追尋棲息時，偃臥任縱誕。……

他被遠謫，憤慨之情，表現於文字，甚至用屈原放逐異鄉的事來對比。這時，他前往臨川就任的路程，由他的〈入彭蠡湖口〉、〈登廬山絕頂望諸嶠〉、〈大林峯〉諸作看來，他是溯長江，經彭蠡湖（鄱陽湖）湖口，循潯陽（江西九江）南，登廬山，遊大林峯，過松門山，到了臨川。

他到臨川後，遊放如舊，到南城（在臨川東南），入華子崗各地，均作詩詠之。於是又被有司所糾劾。司徒彭城王義康派遣隨州（湖北隨縣）從事鄭望生收捕靈運。他就拘執望生，率領部衆反叛，作詩說：

韓亡子房奮，秦帝魯連耻；本自江海人，忠義感君子。

將他十三年來心中久抑的對劉宋朝的不滿，再毫無顧忌地發洩了出來，拿張子房謀刺秦始皇要替亡韓報仇，魯仲連義不帝秦、耻爲秦民的事情，來寄喩自己欲爲亡晉復仇，耻作宋臣的情感。由於他的家世與晉朝關係的密切，入了劉宋，進既不能，退也不可得，雖然想高棲山巖，了此餘生，然而遇到多疑的君主，兼以結怨小人，因而遂致獲罪。有人說：「累仕之後，忽發此憤，誠非情實。」其實，他自辭永嘉太守，已經無意仕路；義眞被害後，所寄亦盡；文帝徵秘書監，乃勉強而起；入京之後，雖想如乃祖建功中原，驅蕩北虜，然而時勢無可爲也；再度稱疾東歸始寧，高棲巖壑，寄情山水。他懷念故晉，並非無因；今求生不可得，直洩隱秘，未可謂不是他的眞情。

宋朝派兵追討擒之，送廷尉判罪，論斬。因爲謝玄對南方人立有大功，宥死一等，移付廣州（廣東廣州）。他的樂府詩〈長歌行〉、〈折楊柳行〉，當是這時的作品。如〈折楊柳行〉之一說：

鬱鬱河邊柳，青青野田草。舍我故鄉客，將適萬里道。妻妾牽衣袂，抆淚沾懷抱。還拊幼童子，顧托兄與嫂。辭訣未及終，嚴駕一何早。負笮引文舟，飢渴常不飽。誰令爾貧賤？咨嗟何所道。

朱秬堂說：「當是其赴廣州時作也。」寫離別妻妾，託付幼子的情思淒切感人。他的兒子鳳、孫超宗，也坐徙廣東。超宗至元嘉末始得還京。元嘉十年（西元四三三），因爲相傳薛道雙等要約人，準備在三江口截刼靈運而未遂——一案破獲。宋文帝詔在廣州棄市，年四十九歲，臨終作詩：

「龔勝無餘生，李業有窮盡；嵇公理既迫，霍生命亦殞。悽悽凌霜葉，網網衝風菌。邂逅竟幾何？修短非所愍。送心自覺前，斯痛久已忍。恨我君子志，不獲巖上泯。」

他列舉漢龔勝寧絕食死，不肯事王莽；李業願飲毒死，不受公孫述之聘；晉嵇紹忠於晉帝，被司馬穎所殺；霍原因不附王浚，終以謠言有異志，爲浚收斬；說明他自己也只是不願奉事新朝，終於被殺。他在〈維摩經十譬贊聚沫泡合〉中說：「水性本無泡，激流遂聚沫，卽異成貌狀，消散歸虛壑。君子識根本，安事勞與奪？愚俗駭變化，橫復生欣怛。」像這樣的詩人，終不免被殺。

他的被殺，乃是在皇帝專制下，讀書人沒有選擇仕宦自由的結果罷了。所以張溥評論他的死說：「以衣冠世臣，公侯才子，欲倔強新朝，送齒丘壑，勢誠難之。」人間事大多如是，一切都不由已；讀來令人浩嘆不已。

謝靈運的著作甚富，《隋書·經籍志》著錄有《宋臨川內史謝靈運集》十九卷、《晉書》三十六卷、《要字苑》一卷、《遊名山志》一卷、《居名山志》一卷、《賦集》九十二卷、《賦集鈔》一卷、《詩集》五十卷、《詩英》九卷、《設論連珠》十卷、《七集》一卷、《回文集》一卷、《四部目錄》×卷；《舊唐書·經籍志》另著錄有《策集》六卷、《新撰樂府集》十一卷；《通志藝文略》著錄有《永嘉和尚證道歌注》一卷；《浙江通志》著錄有《晉錄》×卷。這些著作許多早已佚亡了，就拿《謝靈運集》十九卷，梁作二十卷，新·舊唐志均作十五卷，《宋史·藝文志》存九卷，鄭樵《通志·藝文略》作二十卷；馬端臨《文獻通考·經籍志》不復著錄，晁公武、陳振孫兩家志錄也缺而不書，可見到了宋季已經散亡了。謝康樂詩，見《昭明文選》四十首，明李獻吉增樂府若干首，黃勉之增若干首，沈道初蒐集又增賦、詩、雜文各若干首；焦竑（弱侯）才合刊成書四卷，一、二卷爲賦，三卷爲樂府及詩，四卷爲文；張溥《漢魏六朝百三名家集·謝康樂集》分二卷。他的作品散亡多矣。今有黃節注《謝康樂詩》四卷，乃依據靈運的行事，重新編定他的篇次。

謝靈運的詩今存七十三首，另外有樂府詩十九首，共九十二首，內容大抵包括山水（遊覽、行旅）、抒情（祖餞、哀傷、贈答）、雜擬（雜詩、模擬）、述德、侍宴、離合、樂府等。以山水詩最爲有名，數量最多。由於他大量創作山水詩，又寫得新艷奇麗，深刻精鑿，所謂「情必極貌以寫物，辭必窮力而追新」，因而促成我國的山水寫實文學的興盛了。齊陶宏景〈答謝中書書〉說：

> 山川之美，古來共談：高峯入雲，清流見底，兩岸石壁，五色交輝，青林翠花，四時俱備，曉霧將歇，猿鳥亂鳴，夕日欲頹，沈鱗競躍：實是欲界之仙都，自康樂以來，未復有能與其奇者。

由此，可知謝靈運在齊梁時代已被認爲山水文學的第一等的詩人了。他在詩壇上，當時與顏延之並名。如《宋書・顏延之傳》說：「與靈運俱以詞彩齊名，自潘岳、陸機之後，文士莫及也，江左稱顏、謝焉。」《南史・謝靈運傳》：「文章之美，與顏延之，爲江左第一，縱橫俊發，過於延之，深密則不如也。」《詩品》說：「謝客爲元嘉之雄，顏延年爲輔。」這是當時的公論。《南史・顏延之傳》說：「延之嘗問鮑照曰：『己與靈運優劣？』曰：『謝五言如初發芙蓉，自然可愛；君詩若鋪錦列繡，亦雕繢滿眼。』」《詩品》引湯惠休話，謂「謝詩如芙蓉出水，顏如錯采鏤金。」敖器之比做「東海揚帆，風日流麗。」（敖陶孫《詩評》）。出水芙蓉，謂天然艷麗，不假雕飾（《師友詩傳錄》）。葉少蘊說：「初日芙蕖，非人力所能爲，而精彩華妙之意，自然見於造化之妙；靈運諸詩可以當此者亦無幾。」（《石林詩話》卷下）。可見靈運的詩，以艷麗精妙、風流自然著稱，以給人清新的感覺。但謝靈運作詩好雕鐫琢磨，極盡爐錘鎔鑄的功夫；他的自然，乃是神工默運之後，構成險奇警秀刻畫逼眞的自然，和陶潛恬淡平遠的自然，完全不同。正像沈德潛所說：「大約經營慘淡，鉤深索隱，而一歸自然；山水閒適，時遇理趣；匠心獨運，少規往則。」又說：「謝詩追琢，而返於自然，不可及處，在新在俊。」（《古詩源》卷十）所以能在漢、魏詩外，繼承晉太康詩風，別開一條蹊徑，爲唐險怪派詩人賈島、李賀、孟郊、韓愈的所出了。其實孟浩然的詩有些俊朗的地方，也深受他的影響。同時，他以大量的山水詩的創作，打破了東晉玄理詩的籠檻，而使我國山水詩因此興盛了起來。現先舉他的山水詩，加以討論。例如〈登池上樓〉詩：

潛虯媚幽姿，飛鴻響遠音。薄霄愧雲浮，棲川怍淵沈。進德智所拙，退耕力不任。徇祿及窮海，臥痾對空林。衾枕昧節候，褰開暫窺臨。傾耳聆波瀾，舉目眺嶇嶔。初景革緒風，新陽改故陰。池塘生春草，園柳變鳴禽。祁祁傷豳歌，萋萋感楚吟。索居易永久，離羣難處心。持操豈獨古？無悶徵在今。

池上樓，在永嘉郡西北三里。這首詩當作於宋少帝景平元年（西元四二三）初春，靈運在永嘉太守任上，寫他出仕歸耕兩難解脫時的心情。劉履說：「（起六句）言虯以深潛而自媚，鴻能奮飛而揚音；二者出處雖殊，亦各得其所矣。今我希近薄霄，則拙於施德，無能爲用，故有愧於飛鴻；退效棲川，則不任力耕，無以自養，故有慙於潛虯也。」（選詩補注）。接着寫他因此來到濱海的永嘉，然自去冬空林時就臥病在床，而連節候變換了也不知道。再次寫現在登樓揭簾臨視，才知道已到春天，由「池塘生春草，園林變鳴禽」二句，寫出滿園春光；並由「採蘩祁祁」、「春草萋萋」，引起春遲未歸的感傷，離羣索居的難處。最後並引《易・乾》：「遯世無悶」，表明打算歸隱的心意；可見他已把做永嘉太守看做遯世棲隱，所以才說：「無悶徵在今。」由此可知他的山水詩「豈惟玩景物，亦欲攄心素」，以寄情懷。「池塘生春草，園柳變鳴禽」，舊說靈運夢見謝惠連而得神來的極其自然的好句。石林詩話說：「此語之工，正在無所用意，猝然與景相遇，借以成章，故非常情所能到。」至「傾耳聆波瀾，舉目眺嶇嶔」二句寫遠景，波瀾借代濤聲，嶇嶔借代高山，用法特別。唐孟浩然詩也多用這種措辭法，如「纖手鱠紅鮮」（峴潭作），用紅鮮代稱魚；「香杯浮馬腦」（襄陽公宅飲），用馬腦代稱酒：構成具體不凡的形象。又如〈游南亭〉詩：

　　時竟夕澄霽，雲歸日西馳。密林含餘清，遠峯隱半規。久痗昏墊苦，旅館眺郊歧。澤蘭漸被徑，芙蓉始發池。未厭青春好，已覩朱明移，戚戚感物歎，星星白髮垂。藥餌情所止，衰疾忽在斯。逝將候秋水，息景偃舊崖。我志誰與亮，賞心惟良知。

〈游南亭〉，也是謝靈運在永嘉郡所作。方回說：「此乃夏雨喜霽之作，思欲見秋而歸也。」（《文選》顏鮑謝詩評）。靈運在景平元年（西元四二三）秋，辭官回始寧。這首詩大概作於這一年初夏。起寫春盡雨霽，夕陽將落；「密林含餘清，遠峯隱半規」，寫雨後林間還含着清涼的空氣，遠峯隱隱托着半規的太陽。這裏用「餘清」、「半規」借代辭，給讀者具體的印象，眞是華妙極了。接着寫久雨的厭苦，於是文字一轉，言今已放晴，自己在旅館遠眺郊外的歧路，只見「澤蘭漸被徑，芙蓉始發池」，才覺得還未盡情領略春天的美，卻已見夏神朱明悄悄來了。由於季節的變換，於是又引起「戚戚感物歎，星星白髮垂」的哀傷，姚鼐說：「藥餌，當作樂餌。」用《老子》「樂與餌，過客止。」樂餌，指官祿世味、聲歌飲食也。謂己情止於聲歌飲食，忽覺衰病了。最後希望秋天能息影故居，寄託他想隱遁的心志。由此看來謝詩不止寫景華妙，述懷眞摯，全詩結構也很完整。所以清汪師韓《詩學纂聞》引齊高帝語，謂「康樂放蕩作體，不辨有首尾」（見《南史》卷四十三〈齊高帝諸子傳〉下），認爲「此語，卓識冠絕千古」。然由上述二詩的內容首尾一貫，脈絡串連，並無齊高帝所說的毛病。又如〈過白岸亭〉詩：

拂衣遵沙垣，緩步入蓬屋。近澗涓密石，遠山映疏木。空翠難強名，漁釣易爲曲。援蘿聆青崖，春心自相屬。交交止栩黃，呦呦食苹鹿；傷彼人百哀，嘉爾承筐樂。榮悴迭去來，窮通成休慼。未若長疏散，萬事恒抱樸。

《太平寰宇記》：「亭在柟溪西南，去永嘉八十七里，因岸沙色白得名。」這首詩寫白岸亭的景色及感想。「近澗涓密石，遠山映疏木」，寫細水流過亂石，山色映出疏林。「空翠」承「遠山」句，言空翠的山氣難以描寫；「漁釣」承「近澗」句，言漁釣者容易找到隱曲的垂釣處。次寫攀蘿登崖，聆聽春聲，春聲與心聲相融一起，聽到黃鳥交交，鹿鳴呦呦，使人聯想到秦穆公逝世，秦人對奄息、仲行、鍼虎三人殉葬哀悼的詩：「如可贖兮，人百其身！」以及周王燕饗封賞羣臣嘉賓的樂章：「吹笙鼓簧，承筐是將。」因而感歎人生的榮悴無定，窮通無常，倒不如生活疏散，萬事抱樸寡欲吧！他對世事與仕路的看法，由此可知了。所以後來史家如沈約稱他「自謂才能宜參權要，既不見知，常懷憤憤」，批評家如陳胤倩或謂靈運「仕而不得志，而發憤怨之語」，都是未得他的情實之說。又如〈石壁精舍還湖中作〉詩：

昏旦變氣候，山水含清暉；清暉能娛人，遊子憺忘歸。出谷日尚早，入舟陽已微。林壑斂暝色，雲霞收夕霏。芰荷迭映蔚，蒲稗相因依，披拂趨南徑，愉悅偃東扉。慮澹物自輕，意愜理無違，寄言攝生客，試用此道推。

謝靈運〈游名山志〉說：「湖（巫湖）三面悉高山，枕水渚山，溪澗凡有五處。南第一谷，今在所謂石壁精舍。」他另有〈石壁立招提精舍〉一詩，是他歸棲始寧墅於南嶺北阜營建精舍時所作。這首詩當是從精舍回巫湖時作，寫山水娛人，遊子忘歸，至遊罷「出谷」還早，但當回到湖上「入舟」已晚，這時「林壑斂暝色，雲霞收夕霏」，趕路回家，偃臥東扉，心裏非常愉悅，感到一個人所慮淡泊，對外物自然看得輕了，心滿意足就不會違背天理了，這才是攝生之道，用以自悟警人，也可見他的生活態度與情趣。又如〈石門巖上宿〉一首：

朝搴苑中蘭，畏彼霜下歇。暝還雲際宿，弄此石上月。鳥鳴識夜棲，木落知風發。異音同至聽，殊響俱清越。妙物莫爲賞，芳醑誰與伐？美人竟不來，陽阿徒晞髮。

謝靈運〈山居賦〉自說「石門」是他的南居。他又有〈石門新營所住四面高山廻溪石瀨茂林修竹〉一詩。這首詩一作〈夜宿石門〉，當是他宿於石門別墅所作，由早出採苑中蘭，晚歸石門巖上過夜，而寫出玩賞夜景，看石上月色，聽夜棲鳥鳴，風發葉落，這都是極清越美妙的不同音響，感歎像這樣的妙景，竟無人共賞，美酒也沒人共誇，結語「美人竟不來，陽阿徒晞髮」，用《楚辭．九歌少司命》：「與汝沐兮咸池，晞汝髮兮陽之阿；望美人兮未來，臨風怳兮浩歌」意，表達出獨遊的傲睨孤高的心境。又如〈入彭蠡湖口〉詩：

客遊倦水宿，風潮難具論：洲島驟廻合，圻岸屢崩奔。乘月聽哀狖，浥露馥芳蓀。春晚綠野秀，巖高白雲屯。千念集日夜，萬感盈朝昏，攀崖照石鏡，牽葉入松門。三江事多往，九派理空存。靈物吝珍怪，異人秘精魂；金膏滅明光，水碧輟流溫。徒作千里曲，絃絕念彌敦。

彭蠡湖，就是現在江西鄱陽湖；彭蠡湖口，是長江進鄱陽湖的入口。謝靈運被人誣陷，宋文帝派他出任臨川（江西臨川）內史，等於遠謫。這首詩當是他赴臨川任，經彭蠡湖口時作。寫路途經歷與感想，一路風潮難以具述，當遇到洲島，水流就急驟從兩側旋繞過去會合一起，浪頭拍岸是一次又一次崩塌倒奔下來，乘月夜遊，聽黑猿哀啼，看露濕香草，春晚野綠，巖高雲聚，心裏卻有無限感觸，經過了石鏡、松門二山，又想到古時有關這裏三江九派的事蹟都已成過去，無從知曉，山川間的靈物客珍怪而不出，異人秘精魄而不見，黃金之仙膏滅其明光，水碧之良玉止其溫潤，所謂「天地閉，賢人隱」時代，所以徒作思歸千里曲，轉令憂念鄉愁更加深厚了。黃子雲批評他說：「舒情綴景，暢達理旨。」（《野鴻詩的》）。王夫之說他：「言情則於往來動止縹渺有無之中」，「情不虛情，情皆可景；景非滯景，景總含情。」（《古詩評選》卷五），又說他「取勢宛轉屈伸，以求盡其意；意已盡則止，殆無賸語。夭矯連蜷，烟雲繚繞，乃眞龍，非畫龍也。」（《夕堂永日緒論》內編）。謝靈運詩的缺點，在於他喜歡用詩、易、老、莊、騷、辯、仙、釋之語，「所寄懷每寓本事，說山水則苞名理」，他的詩比較晦澀不易理解，都在這點。但山水詩寫得好的地方，則多出神思默運，麗情密藻，因此時有滿含理趣勝境的佳句，例如：

春晚綠野秀，巖高白雲屯。（〈入彭蠡湖口〉）

林壑歛暝色，雲霞收夕霏。（〈石壁精舍還湖中作〉）

近澗涓密石，遠山映疏木。（〈過白岸亭〉）

密林含餘清，遠峯隱半規。（〈游南亭〉）

池塘生春草，園柳變鳴禽。（〈登池上樓〉）

山桃發紅蕚，野蕨漸紫苞。（〈酬從弟惠連〉）

白雲抱幽石，綠篠媚清漣。（〈過始寧墅〉）

揚帆採石華，掛席拾海月；溟漲無端倪，虛舟有超越。（〈遊赤石進帆海〉）

溯流觸驚急，臨圻阻參錯。（〈富春渚〉）

石淺水潺湲，日落山照耀。（〈七里瀨〉）

曉霜楓葉丹，夕曛嵐氣陰。（〈晚出西射堂〉）

明月照積雪，朔風勁且哀。（〈歲暮〉）

虛館絕諍訟，空庭來鳥雀。（〈齋中讀書〉）

野曠沙岸淨，天高秋月明。（〈初去郡〉）

銅梁映碧澗，石磴瀉紅泉。（〈入華子岡是麻源第三谷〉）

初篁苞綠籜，新蒲含紫茸；海鷗戲春岸，天鷄弄和風。（〈於南山往北山經湖中瞻眺〉）

這些詩句，都是他縱情丘壑，賞目會心寫成；王世貞說：「『掛席拾海月』，事俚而語雅；『天鷄弄和風』，景近而趣遙」（《藝苑巵言》卷四），「池塘生春草」，自然靈妙；「明月照積雪」，直尋勝語；「溟漲無端倪」，最足以狀大海的壯濶；「日落山照耀」，寫盡黃昏時落日滿山的奇景；由於他觀察細膩，寫景深刻而富色彩美；凡林霏空翠，泉聲鳥鳴，和風白雲有感於心靈，都能抒於詩中。正如陳祚明所說：「康樂情深於山水，故山游之作彌佳；抑亦登覽所及，吞納衆奇，故詩愈工乎？」又說：「多發天然，少規往則；稱性而出，達情務盡；鈎深索隱，窮態極姸。」（《采菽堂古詩選》卷十），所以能寫盡了山水的情趣，在當時山水詩中稱爲第一。

他不止山水詩佳妙，名章迥句，處處間起；即抒寫情感，也極眞摯深厚。陳胤倩說他是一個「情深而多愛」的詩人。在他的作品中，如〈鄰里相送至方山〉、〈廬陵王墓下作〉、〈酬從弟惠連〉、〈登臨海嶠初發疆中作〉與〈從弟惠連見羊何共和之〉、〈道路憶山中〉、〈折楊柳行〉等，無不是直抒胸臆、沉痛纏綿之作。現舉廬陵王墓下作一首為例：

曉月發雲陽，落日次朱方，含悽泛廣川，灑淚眺連岡。眷言懷君子，沈痛切中腸，道消結憤懣，運開申悲涼。神期恒若存，德音初不忘。徂謝易永久，松柏森已行。延洲協心許，楚老惜蘭芳，解劍竟何及，撫墳徒自傷。平生疑若人，通蔽互相妨。理感心情慟，定非識所將。脆促良可哀，夭枉特兼常。一隨往化滅，安用空名揚？舉聲泣已漣，長歎不成章。

這首詩是謝靈運於宋文帝元嘉三年（西元四二六）入京之際，途經丹徒廬陵王義眞墓下所作。寫自雲陽（曲阿）至朱方（丹徒），船經義眞墓下，不禁悲從中來，所以說「含悽泛廣川，灑淚眺連岡」，因而追憶宋少帝時義眞被徐羡之遣使所殺，所以說「道消結憤懣」，而今徐羡之被宋文帝所誅，才得到墓下一申悲悼，所以說：「運開申悲涼」。接着抒說自己難忘舊誼，並借延陵季子心許徐君，楚老惜龔勝之死，言己今欲為對方效力已然無及，只有撫墓自傷；又說以往懷疑這二人的作為，今天自己亦復如此；蓋理感既深，情便悲慟，常人脆促，已令人哀傷；何況你命夭事枉，超過常人；今隨化而滅，何用身後空名？結以自己舉聲悲泣，長聲嘆息，不能成章。「悽惻纏綿，悲憤沉痛，無不眞情流露，蕩氣迴腸」，表現着強烈的懷舊念故之情。

清汪師韓《詩學纂聞》評靈運詩說：「其詩又好重句疊字……凡皆啍沓，了無生氣。」其實詩用疊字重句，屢見於詩騷古詩，造成流暢和諧的語感。王筠著《毛詩重言》一書，專集《詩經》中的疊字。姚際恒《詩經通論》論及詩經疊詠之體。其實詩用類似的言詞，反覆疊用的非常多，〈國風〉一百六十篇中一百三十三篇，〈小雅〉七十二篇中四十二篇，都採用有疊字或重句的形式來表現，使詩篇的音節自然諧和，情感反覆纏綿，詩意能層層轉折翻新。〈古詩十九首〉中「青青河畔草，鬱鬱園中柳，盈盈樓上女，皎皎當窗牖。娥娥紅粉妝，纖纖出素手。」一連六句都用了疊字，成爲美談；漢魏晉南北朝詩人，並不以此爲避忌。後人或爲避免文字的重覆，而拘牽少用；因此汪師韓認爲靈運好重句疊字，雜沓無生氣。謝靈運卻不在乎這些，而且故意多運用疊字。如：

灼灼桃悅色，飛飛燕弄聲。（〈悲哉行〉）
鬱鬱河邊柳，青青野田草。（〈折楊柳行〉）
歲歲曾冰合，紛紛霰雪落。（〈苦寒行〉）
淒淒陽卉腓，皎皎寒潭絜。（〈九日從宋公戲馬臺集送孔令〉）
祁祁傷豳歌，萋萋感楚吟。（〈登池上樓〉）
慼慼感物歎，星星白髮垂。（〈遊南亭〉）
交交止栩黃，呦呦食苹鹿。（〈過白岸亭〉）
寂寂寄抱一。（〈登永嘉綠嶂山〉）
白日出悠悠。（〈郡東海望溟海〉）

海岸常寥寥。（〈遊嶺門山〉）

嫋嫋秋風過，萋萋春草繁。（〈石門新營所住四面高山廻溪石瀨茂林修竹〉）

鷕鷕翬方雊，纖纖麥垂苗。（〈入東道路詩〉）

活活夕流駛，噭噭夜猿啼。（〈登石門最高頂〉）

別時花灼灼，別後葉蓁蓁。（〈答惠連〉）

悽悽明月吹，惻惻廣陵散。（〈道路憶山中〉）

亭亭曉月映，泠泠朝露滴。（〈夜發石關亭〉）

唯羨肅肅翰。（〈擬魏太子鄴中集詩劉楨〉一首）

嗷嗷雲中雁。（〈擬魏太子鄴中集詩應瑒〉一首）

悽悽陵霜柏，網網衝風菌。（〈臨終詩〉）

這些都是疊字體的例子，由此可見他多用「疊字」摹物狀聲，也正符合今人修辭學上所歸納出來的「摹狀格」的一種用法。至下句與上句間的頂接疊連，而產生上遞下接的趣味，這也是謝靈運詩的佳處。今人張秉權〈論謝靈運〉一文，對這種用法，曾有詳細的例證，現在轉錄如下：

遙遙播清塵；清塵竟誰嗣？（〈述祖德〉詩）

楚人心昔絕，越客腸今斷；斷絕雖殊念，俱爲歸慮款。（〈道路憶山中〉）

火逝首秋節，新明弦月夕；月弦光照戶，秋首風入隙。（〈七夕詠牛女〉）

與我別所期；期在三五夕。（〈南樓中望所遲客〉）

山水含清暉，清暉能娛人。（〈石壁精舍還湖中作〉）

樵隱俱在山，由來事不同。不同非一事，養痾亦園中。中園屏氛雜，清曠招遠風。」（〈田南樹園激流植援〉）

杪秋尋遠山，山遠行不近。……汀曲舟已隱。隱汀絕望舟，……憶爾共淹留；淹留昔時歡，……戚戚新別心，悽悽久念攢。攢念攻別心，旦發清溪陰。……（〈登臨海嶠初發彊中作與從弟惠連見羊何共和之〉，按此例為本人所增補）

……末路值令弟，開顏披心胸（一章）。心胸既云披，意得咸在斯，……悟對無厭歇，聚散成分離（二章）。分離別西川，迴景歸東山。……辛勤風波事，款曲洲渚言（三章）。洲渚既掩時，風波子行遲，……儻若果歸言，共陶暮春時（四章）。暮春雖未交，仲春善遊遨……。（〈酬從弟惠連〉）

張秉權說：「重字叠語，連珠而下，而詩意翻新，層層湧出，大有愈逼愈緊，愈出愈新之概，逸蕩富豔，令人應接不暇。」又說：「他才高氣盛，所以能運用自如，用字雖則一再重複，而意境卻在不斷換新；這是靈運獨到的絕技。」（〈論謝靈運〉）其實這種絕技，曹丕、曹植早已有過，非始於謝靈運。曹丕於〈清河見挽船士新婚與妻別詩〉：「……冽冽寒蟬吟，蟬吟抱枯枝。枯枝時飛揚，身體忽遷移。不悲身遷移，但惜歲月馳。歲月無窮極，會合安可知？」謝詩〈酬從弟惠連〉一首，「後章起句，承接前章結句」的章法，則是從詩大雅文王、既醉及曹植〈贈白馬王彪〉學來；曹詩分七章，謝詩分五章而已。這種詞疊意轉，情思宛曲，給人意味是無窮的；所以「重句疊字」的用法，並不會損害詩歌情意的表達；謝靈運力能運之，有何不可？

總之，謝靈運在劉宋元嘉詩壇上，自有領袖羣倫的的地位，寫山水的奇秀，發胸中的鬱憤，興會標舉，風奔泉湧，在中國文學發展上開拓了山水遊覽的新境域，亦足稱爲千古不朽的天才詩人了。

（民國五十九年十二月正中書局《文教論叢》）

山水詩人謝玄暉

謝朓，字玄暉，陳郡陽夏（河南太康附近）人，父親緯娶宋文帝的女兒長城公主爲妻。宋文帝元嘉二十二年（西元四四五），他的舅公范曄和伯父綜、約等謀擁立彭城王義康，失敗被誅。緯素爲約所憎，因得免死，坐徙廣州；到宋孝武帝孝建中（西元四五四——四五六）才獲赦還京師（今南京市），大明八年（西元四六四）生謝朓。宋明帝泰始中（西元四六五——四七一），他的父親緯官至正員郎、中散騎常侍。

謝朓，從小好學，有美名，文章淸麗。齊武帝卽位（西元四八二），以豫章王嶷爲太尉；朓出任太尉行參軍。武帝永明四年（西元四八六），轉隨王子隆東中郎將府，而前往會稽（浙江紹興）。不久，隨王遷長兼中書令，娶尚書令王儉女爲妃；朓跟着回京。這時，竟陵王子良，進號車騎將軍，禮才好士，傾意賓客。五年，正位司徒，移居鷄籠山西邸，他和蕭衍、沈約、王融、蕭琛、范雲、任昉、陸倕等遊集竟陵門下，號曰「八友」。作〈擬風賦〉、〈高松賦〉、〈永明樂〉等。受到的禮遇，頗似漢梁苑之鄒、馬，「君王乃徙讌蘭室，解佩明椒，搴幽蘭於夕陰，詠聳幹於琴朝，陵高丘以致思，御風景而逍遙。」（〈高松賦〉）可見這時他生活的稱心閒雅。六年，轉任尚書令衞將軍王儉東閣祭酒，認識了鍾嶸。鍾嶸說：「朓極與余論詩，感激頓挫過其文。」（《詩品》）七年五月，王儉卒。又轉文惠太子舍人。八年，隨王子隆爲鎭西將軍荊州刺史；朓任鎭西功曹，轉文學。九年春從隨王往荊州（湖北江陵）；沈約、虞炎、王融、蕭琛、劉繪、范雲送他，各作餞別詩。

隨王子隆在荊州，好辭賦，數集僚友。朓以文才，尤被賞愛，流連晤對，不舍日夕。有〈奉和隨王殿下〉十六首、〈隨王鼓吹曲〉十首等。爲長史王秀之所忌，以朓年少鼓動是非，密以啓聞。十一年（西元四九三），武帝敕令朓從荊州回都。被補爲中軍將軍新安王昭文記室參軍，作有〈辭隨王牋〉。他雖感念隨王對他的恩遇，卻自幸能夠離開荊州，得免讒害。由他〈贈西府同僚〉詩：「常恐鷹隼擊，時菊委嚴霜；寄言罻羅者，寥廓已高翔」數句，可以見出一些端倪。

不久，朓以本官兼尚書殿中郎。八月，齊武帝病篤，帝位的暗爭起：王融要立竟陵王子良；皇孫鬱林王昭業，在西昌侯蕭鸞支持下卽位，下王融於廷尉賜死；鬱林王隆昌元年（西元四九四）四月竟陵王憂恐薨。鬱林王復謀誅蕭鸞；七月鸞先發動政變，弒鬱林王，更立王弟海陵王昭文爲帝，改元延興（西元四九四），封鸞爲驃騎大將軍錄尚書事揚州刺史宣城郡公輔政。鸞以朓爲驃騎諮議，領記室，掌霸府文筆，又掌中書詔誥，當時重要文稿都出朓手。十月，海陵王又以年幼嬰疾被廢，蕭鸞自己繼位，是爲齊明帝，改元建武元年（西元四九四）。當時百官勸進表，就出脁手筆。一年三換國君，政局的確很亂。

齊明帝建武二年（西元四九五），脁仍轉中書郎，作〈齊雩祭歌〉八首。夏出為宣城（安徽宣城）太守。〈之宣城詩〉有「既懽懷祿情，復協滄洲趣。囂塵自茲隔，賞心於此遇。」也可想見他遠害全身的心境，想藉此脫離這動蕩不安的政治中心。三年作〈思歸賦〉，更寄他懷仙幽隱的情思。選復為中書郎。四年出任晉安王鎮北將軍南徐州（江蘇丹徒縣）刺史寶義諮議。夏還京師，出為南東海（江蘇丹徒縣）太守。永泰元年（西元四九八）四月，齊明帝病篤，懷疑王敬則，派兵密防；敬則被迫而有反意。脁為王敬則女壻，時行南徐州事，因懼被累，遂密啓明帝。五月敬則敗死。帝甚賞之，遷脁尚書吏部郎。上表三讓。上優答不許。脁的妻子自父親敬則被殺，常懷刃要刺殺脁。脁不敢相見。脁時作〈酬德賦〉，贈左衞將軍沈約，詳述齊武帝、明帝之間，二人的交往經歷，因政局動亂，文中充滿憂懼隱退的情思。

到齊東昏侯永元元年（西元四九九），失德無道。左僕射江祏謀廢立，先要立江夏王寶玄，後又想立始安王遙光。祏把這事密告脁。遙光又遣親信劉渢向脁致意，要脁充為肺腑。脁自以受恩明帝，不肯答應。不久，遙光派脁兼知衞尉事。脁恐懼見引，就把祏等陰謀，告訴左興盛、左衞將軍劉暄。暄馳告始安王及江祏。遙光大怒，與徐孝嗣、祏、暄連名啓誅脁，給他加上「煽動內外，處處姦說；妄貶乘輿，竊論宮禁；間謗親賢，輕議朝宰。」又使御史中丞范岫奏收脁，下獄死，時年三十六，臨刑歎息說：「天道其不可昧乎！我雖不殺王公，王公因我而死。」

謝朓的著作《隋志》有《齊吏部郎謝朓集》十二卷，又《逸集》一卷。兩《唐志》及《宋志》均作十卷，南宋紹興二十八年樓炤在宣州僅刊詩賦五卷，其應用文五卷遂佚。今傳《謝宣城集》五卷（拜經樓校本、四部叢刊影印明鈔本）。近有洪順隆《謝宣城集校注》（中華書局五十八年出版），伍俶有《謝朓年譜》（見《小說月報・中國文學研究號》）。

謝朓的詩，今存樂府四十一首，詩一百零四首，聯句七首，合計一五二首。朓長五言詩，在永明末，詩名已盛，見重當時。沈約極讚他的詩說：「二百年來，無此詩也。」（《南齊書・謝朓傳》）梁武帝蕭衍特別看重朓詩（本事詩）。劉孝綽將朓詩日置几案，動靜輒諷味（《顏氏家訓》）梁簡文帝蕭綱與湘東王書推朓爲「文章之冠冕，述作之楷模。」（《梁書・庾肩吾傳》）唐李白尤其稱服，篇詠數見，如〈金陵城西樓月下吟〉：「解道『澄江淨如練』，令人長憶謝玄暉。」〈酬殷明佐見贈五雲裘歌〉：「我吟謝朓詩上語，『朔風』颯颯『吹飛雨』。」〈遊敬亭寄崔侍御詩〉：「我家敬亭下，輒繼謝公作；相去數百年，風期宛如昨。」時時懷慕謝朓，甚至在登華山時，只「恨不攜謝朓驚人詩來，搔首問青天耳。」（〈搔首集〉）杜甫也說：「謝朓每篇堪諷詠。」謝朓詩成功的地方，我想可從下列幾點來看：

1. **精工的短詩**：謝朓的〈有所思〉、〈銅雀悲〉、〈玉階怨〉、〈金谷聚〉、〈王孫遊〉、〈永明樂〉、〈詠鸂鶒〉等都是四句二韻五言的小詩，好像唐人的絕句；他這些小詩幾乎每一首都是佳構。現錄數首如下：

佳期期未歸，望望下鳴機；徘徊東陌上，月出行人稀。（＜同王主簿有所思＞）

按：王主薄指王融。

落日高城上，餘光入繐帷；寂寂深松晚，寧知琴瑟悲。（＜銅雀悲＞）

按：《鄴都故事》：「魏武帝遺命諸子曰：『吾死之後，葬於鄴之西崗上。吾妾與伎人皆居銅雀臺。臺上施六尺牀，下繐帳，朝晡上酒脯粻糒之屬；每月朝十五，輒向帳前作伎樂。汝等時登臺，望吾西陵墓田。』」深松，謂墓樹。

夕殿下珠簾，流螢飛復息。長夜縫羅衣，思君此何極！（＜玉階怨＞）

按：《樂府解題》：「漢成帝時，班婕妤美而能文，初爲帝所寵。後帝幸趙飛燕姊弟，冠於後宮；婕妤自知見薄，乃退居東宮，作賦自傷。」

渠碗送佳人，玉杯邀上客；車馬一東西，別後思今夕。（＜金谷聚＞）

按：石崇＜金谷詩序＞：「（余）有別廬在河南界金谷澗。時征西大將軍祭酒王詡，當還長安；余與衆賢共送澗中，賦詩以敍中懷。」

綠草蔓如絲，雜樹紅英發。無論君不歸；君歸芳已歇。（＜王孫遊＞）

按：《楚辭．招隱士》：「王孫遊兮不歸；春草生兮萋萋。」

這些都可算是上乘的作品：＜有所思＞，寫織婦徘徊東陌，直到月出人稀，而人猶未見歸來，更見「等待歸人」的深情。＜銅雀悲＞，爲詠史作，借魏武故事，言死者安息了，又哪裏知道生者的悲傷？〈玉階怨〉，為宮怨詩，言深宮相思，何有終極？〈金谷聚〉，抒寫別情，言一別之後，各自東西，那時再想起今夕的歡聚，能不黯然！〈王孫遊〉，寫思婦之情詞：先言綠草如絲，紅英映發，以見芳春難得，暗寄君急當歸來意；次言不要說君不歸來，卽今來歸，爲時亦晚，暗寄花將落盡、人將遲暮之意在內。這種完美精巧的小詩，在民歌中醞釀了很久；但到了謝朓的手裏才發展成熟，成爲唐絕。同時，謝朓大量用八句或十句的短詩寫景抒情，作風也接近唐人。宋嚴羽說：「謝朓之詩，已有全篇似唐人者。」（《滄浪詩話》）其實應該說唐人受他的影響，使六朝的古詩轉變形成三唐的律絕。趙紫芝說：「玄暉詩變而唐風。」這是他在詩史上的一大貢獻。謝朓的詩除了形式短小，還講究聲律，多用偶句，措詞極工巧，無論「平調單詞，亦必秀琢；按章使字，法密旨工」（陳祚明《采菽堂古詩選》卷二十），所以「唐人五言短古，多法宣城，以其朗艷近律」。胡應麟說：「世目玄暉爲唐調之始，以『精工流麗』故。」又列舉謝朓的詩句和唐人「調不同而語相似者」，如「『餘霞散成綺，澄江淨如練』，初唐也；『金波麗鳷鵲，玉繩低建章』，盛唐也；『天際識歸舟，雲中辨江樹』，中唐也；『魚戲新荷動，鳥散餘花落』，晚唐也。」（以上見《詩藪》外編）。可見他的絕句式的短詩與精工的詩句，對唐人的影響；所以他的詩爲唐名詩人所喜愛，自有其因。其實，他也多長詩，如〈遊敬亭山〉、〈和伏武昌〉……之類都是，只因後人亟賞他工麗的短詩，這類作品反就不大受人注意了。

2. **清麗秀逸**：前人大抵認爲謝朓的詩，「句多清麗，韻亦悠揚」，「秀氣成采」，「平淡有思致」，「別有一股深情妙理」（說分取黃子雲《野鴻詩的》，施補華《峴傭說詩》、葛立方《韻語陽秋》、沈德潛《說詩晬語》），而且「一章之中，自有玉石；奇章秀句，往往警遒，足使（謝混）叔源失步，（鮑照）明遠變色」（鍾嶸《詩品》）。洪順隆在〈謝脁生平及其作品研究〉一文中說：

脁詩如〈直中書省〉：「風動萬年枝，日華承露掌。玲瓏結綺錢，深淺映朱綱。紅藥當階翻，蒼苔依砌上。」寫中書省之景，清新雋美。〈遊東田〉：「遠樹曖阡阡，生烟紛漠漠。」「魚戲新荷動，鳥散餘花落。」遠景近景，鈎畫了了；尤其「魚戲」二語，堪稱「超凡脫俗」。又如〈新亭渚別范零陵雲〉：「雲去蒼梧野，水還江漢流。」〈暫使下都〉：「大江流日夜，客心悲未央」，「金波麗鳷鵲，玉繩低建章」，「秋河曙耿耿，寒渚夜蒼蒼」。〈之宣城郡出新林浦〉：「天際識歸舟，雲中辨江樹。」〈晚登三山還望京邑〉：「白日麗飛甍，參差皆可見，餘霞散成綺，澄江淨如練，喧鳥覆春洲，雜英滿芳甸。」〈郡內高齋閑望答呂法曹〉：「窗中列遠岫，庭際俯喬林。」均思清詞美，一片清綺。

方東樹說：「玄暉詩如花之初放，月之初盈，駘蕩之情，圓滿之輝，令人魂醉。」大抵脁詩的好處，在寫景清新，用事貼切，感寄含蓄，「理在人之意中，詞亦衆所共喩」，寫山水風景，則極意雋逸清麗，雖首首無奇，卻篇篇可誦，時有自然可愛寫景如畫的佳句，因此他能夠和謝靈運二人以山水詩見稱於宋、齊，開拓了我國山水一派的詩風，使南朝的名詩人，如王融、沈約、何遜、蕭統、陰鏗、庾信等都向山水詩這方面努力了。

3. **工於發端語**：鍾嶸說謝朓「善自發詩端。」（《詩品》）王世貞也說：「玄暉不惟工發端，撰造精麗，風華映人，一時之傑。」（《藝苑卮言》）後人論詩就多引謝朓詩的開端語，作爲寫作的楷模。像「大江流日夜，客心悲未央。」（〈暫使下都夜發新林至京邑贈西府同僚〉）「朔風吹飛雨，蕭條江上來。」（〈觀朝雨〉）「滄波不可望，望極與天平。」（〈和劉西曹望海臺〉）：的確都是極雄峻驚人一空今古的發端語，高遠有力，又脫口如話。不過，由於他「發端聲情所引太高」，致篇末難以爲繼，結語反常顯得柔弱乏力，所以鍾嶸說他「末篇多躓，此意銳而才弱也。」

4. **聲韻和諧**：齊永明中，四聲八病之說興起，周顒作四聲切韻，沈約作四聲譜。當時詩人將這種聲律應用到文學上去，形成了詩文人工化和諧的韻律。《南史・陸厥傳》：「永明時，盛爲文章，吳興沈約、陳郡謝朓、瑯邪王融以氣類相推轂，汝南周顒善識聲韻。約等文皆用宮商，將『平上去入』四聲，以此制韻，有平頭、上尾、蜂腰、鶴膝（八病除上述四種外，還有大韻、小韻、旁紐、正紐四種），五字之中，音韻悉異；兩句之內，角徵不同，不可增減，世呼爲『永明體』。」時人認爲「妙達此旨，始可言文」。謝朓作詩開始用四聲以爲新變，就是運用着這新起的聲律，講求宮商（平仄），所以他的詩歌韻律顯得特別清新和諧，使我國的詩體發生了改變，由於拘束聲韻，更流於靡麗了。鍾嶸《詩品・序》批評說：

> 王元長創其首，謝朓、沈約揚其波。三賢或貴公子孫，均有文辯，於是士流景慕，務爲精密，襞積細微，專相淩駕，故使文多拘忌，傷其眞美。

由「士流景慕，務爲精密」，可見謝朓等新體詩之受時人歡迎。現舉他的〈有所思〉一首爲例：

> 佳期期未歸，望望下鳴機；徘徊東陌上，月出行人稀。

聲調的變化，是「平平平仄平，仄仄仄平平；平平平仄仄，仄仄平平平」，除「歸」字是平聲之外，其他的聲調都是非常嚴謹整齊，符合「若前有浮聲（指輕清的平聲），則後須切響（指重濁的上去入聲）」的原則。唐人的律絕中「平平平仄仄，仄仄仄平平」，「平平平仄仄，仄仄平平平」的格調，能說不是由此而出嗎？

5.**與謝靈運比較**：玄暉和靈運，在中國文學史上稱爲「二謝」；靈運爲「大謝」，玄暉爲「小謝」。他們有相同的地方，也有不同的地方。譬如二人的結局相同，其死等爾。不過，靈運死於玩世傲世，憐之者比之孔北海、嵇中散；玄暉死於畏禍避禍，時人卻譏他反覆，與呂布、許攸等觀而共笑；這是玄暉的不幸。二謝的死，都和他們身世有關：靈運出身於名公謝玄的後裔，而形成他玩世不恭傲物輕人的態度，終種殺身之禍；謝朓則鑒於伯父舅公因擁立造反，而慘遭屠戮，父親緯也坐徙廣州成十年，因此後來一遇到牽累的事，即想全身遠害，不惜「忍背王公，規避始安」，可是政情詭譎多變，終也不免一死。說到他們在文學史上的成就也很接近，都是山水詩的名家。王士禛說：「說山水之勝，自是二謝。」（《師友詩傳續錄》）「靈運爲永嘉太守，玄暉爲宣城太守，境中佳處，遊歷殆遍，詩章吟詠甚多。」但因二地的山川形貌不同，表現的詩境也就不同了。正如洪北江《詩話》所說：「溫台諸山，雄奇深厚，大謝詩境似之；宣歙諸山，淸遠綿渺，小謝詩境似之。」二謝又都喜歡用排偶句；謝朓往往以排語寫出妙思勝景，如「日出衆鳥散，山瞑孤猿吟。」「差池遠雁沒，颯沓羣鳬驚。」「絡絡結雲騎，奕奕泛戈船。」「一聽春鶯喧，再視秋鴻沒。」「葉低知露密，崖斷識雲重。」「香風蘂上發，好鳥葉間鳴。」「日華川上動，風光草際浮。」「天際識歸舟，雲中辨江樹。」……像這類駢辭偶語，在朓集中不勝枚舉。靈運也多排偶；但王世貞說：「康樂排得可厭，卻不失爲古詩；玄暉排得不可厭，業已浸淫近體。」《藝苑巵言》。則靈運的排句，猶有古詩味道；謝朓已近唐律；這可能是朓詩比較平易淡遠，顯得淸俊自然；靈運則極盡鎔鑄之功，比較高古板拙。謝朓的詩意雖然高遠，但由於才力稍弱，他的詩終稍遜康樂，不如他的氣格古厚。

謝朓詩因有這種種成功的地方，能夠獨步蕭齊；但總括說來，他的山水詩極淸發秀麗，成就很高；抒情詩，多寫閒情，對現實的社會與仕途，則表現着畏懼與不安，有隱遁的思想存在；應詔詩頗爲雅正；與人贈答酬和的作品很多，頗有一些佳篇；詠物詩也不少，但沒有什麼好的作品。現舉一些他的代表作：

大江流日夜，客心悲未央。徒念關山近，終知返路長。秋河曙耿耿，寒渚夜蒼蒼。引領見京室，宮雉正相望。金波麗鳷鵲，玉繩低建章。驅車鼎門外，思見昭丘陽。馳暉不可接，何況隔兩鄉？風雲有鳥路，江漢限無梁。常恐鷹隼擊，時菊委嚴霜。寄言罻羅者，寥廓已高翔。（＜暫使下都夜發新林至京邑贈西府同僚＞）

這首詩大概作於齊武帝永明十一年（西元四九三）左右。謝朓在荆州爲隨王子隆的文學，爲隨王所賞愛，因此被長史王秀之所讒害，以「年少相動」，密啓武帝，敕令還都。這首就是謝朓在途中所作，用寄荆州隨王府中的同僚，寫從新林夜發趕程回京的心情與所見的夜景。下都，謂荆州。新林，在齊京西南。起言客旅無盡的悲愁，好像大江日夜不斷的流水；現在想到離京不遠，才知道要想回荆州的路卻長了。接着寫他趕路時所見的夜景，月光照在鳷鵲觀上，玉繩星低掛建章宮下。當車過齊京南門外，又想起在荆州的隨王。接着寫兩地相隔，江漢爲阻，要回荆州是很難的了。結語言這次害怕讒邪中傷，就好像鳥懼鷹擊，菊怕霜凋。最後他寄語張羅設網想陷害他的人，說他已高飛遠走了，休想再來害他了。懼讒脫禍的心境，由此展露無遺。又如：

江路西南永，歸流東北騖。天際識歸舟，雲中辨江樹。旅思倦搖搖，孤遊昔已屢。既懽懷祿情，復協滄洲趣。囂塵自玆隔，賞心於此遇。雖無玄豹姿，終隱南山霧。（＜之宣城出新林浦向板橋＞）

＜景定建康志＞：「板橋在江寧縣東南三十里，新林橋在城西南十五里。」這首作於齊明帝建武二年（西元四九五）夏，朓出爲宣城太守時。先寫江行所見之景，後寫在亂代出仕外郡，亦未始不可喜也。≪風雅翼≫：「玄暉始出守宣城，而於途中作此詩，以寫江路遠景；且言既喜得祿，又復協幽隱之趣，則囂雜自此隔絕矣。蓋是時明帝方弒君自立，而玄暉乃有全身遠害之志，故以玄豹隱霧之說終之，其意遠矣。」《列女傳・陶答子妻》曰：「妾聞南山有玄豹，隱霧而七日不食，欲以澤其衣毛，而成文章。」玄豹姿，喻美德高行。謂自己雖無美德高行，但此去宣城，也可幽棲養性了。詩人逆水向西南上行，路途甚遠；而江水向東北奔流歸海，所以起句說：「江路西南永，歸流東北騖。」又如：

戚戚苦無悰，攜手共行樂。尋雲陟累榭，隨山望菌閣。遠樹曖阡阡，生煙紛漠漠。魚戲新荷動，鳥散餘花落。不對芳春酒，還望青山郭。（〈遊東田〉）

李善注：「朓有莊在鍾山東，遊還作。」《南史・齊鬱陵王紀》：「齊武帝時，文惠太子立樓館於鍾山下，號曰『東田』。太子屢遊幸之。」鍾山，在江寧城東北。悰，樂也。這首大旨謂憂心難遣，乃與友人，出遊東田，登臺榭，望菌閣，看春煙遠樹，游魚飛鳥，以資遊樂。《昭昧詹言》說：「『遠樹』四句，寫景華妙，千古如新。」結語說不對芳春美酒，卻望郭外青山，也可見作者情趣的所寄。又如：

灞涘望長安，河陽視京縣；白日麗飛甍，參差皆可見；餘霞散成綺，澄江淨如練；喧鳥覆春洲，雜英滿芳甸。去矣方滯淫，懷哉罷歡宴；佳期悵何許，淚下如流霰。有情知望鄉，誰能鬒不變？（〈晚登三山還望京邑〉）

三山，在今江蘇江寧縣西南五十七里，高二十九丈，周圍四里。〈輿地志〉：「其山積石森鬱，濱於大江，三峯排列，南北相通，故號三山。」「灞涘」二句，用王粲〈七哀〉詩：「南登灞陵岸，迴首望長安。」潘岳〈河陽縣〉詩：「引領望京室，南路在伐柯。」的故典。京縣指洛陽。這首寫晚登三山，回望京邑時，看到的美景以及所引發的鄉愁。甍，屋簷。寫京城中參差的屋簷，歷歷在目，寫晚霞的美，澄江的清，鳥的多，花的盛，無不絕美；下寫離鄉懷鄉的情，又極悱惻感人。

昧旦多紛喧，日晏未遑舍。落日餘清陰，高枕東窗下。寒槐漸如束，秋菊行當把。借問此何時？涼風懷朔馬。已傷歸暮客，復思離居者。情嗜幸非多，案牘偏爲寡。旣乏琅邪政，方憩洛陽社。（〈落日悵望〉）

這首寫深秋暮景的一些感觸，寫日落後，塵喧停止，高臥東窗，看到秋槐凋落，枯瘦如束，新菊開放，採擷盈把，暗示已到懷鄉的涼秋。接着說自己本爲晚歸的旅人悲傷，今又見秋深又想起離鄉獨居的人。又想起幸好自己無甚嗜好，現在公事也不多，爲郡雖無甚政績，但生活也很逍遙閒適。這首詩大概是他爲宣城太守時所作。「旣乏」二句，用《漢書・朱博傳》：博遷琅邪太守，縣有劇盜，博常移書責之，於是豪強畏服。一說用《後漢・張宗傳》：「宗遷琅邪相，其政好嚴猛。」《晉書・董京傳》：「京至洛陽，被髮而行，逍遙而詠，常宿白社中。」

謝朓的詩大略如是，顯得曠逸清婉，唐王維的作品最爲接近他。

（民國六十年十月《新時代》第十一卷第十期）

中國詩的寫作技巧與風格

數千年來，詩歌可以說佔了中國文學發展史的最重要的一頁。堯、舜時代（西元前二三五七——二二〇八）就有〈擊壤歌〉、〈卿雲歌〉。據司馬遷《史記‧孔子世家》的記載，周朝時古詩多達三千多篇，孔子（西元前五五一——四七九）曾加以刪削，編成三百零五篇的《詩經》。《詩經》是以四言詩爲主，爲中國最古老的一部詩歌選集。戰國時，南方有《楚辭》興起，屈原西元前三四三——二九〇）是這時的代表詩人。到了漢朝又有五言詩、七言詩產生；此外還有三言、六言、雜言等詩體。魏晉時，詩人喜歡用對偶句作詩；同時聲韻學漸漸興起。齊永明間（西元四八三——四九三）、「四聲」、「八病」之說，應用到文學上去，作詩講究平仄聲調的變化；到了唐朝，就產生「近體詩」，有嚴格的格律規定，有絕句、律詩、排律。詩歌發展至此，各種體制都已經具備。詩人大都沿襲這些詩體從事創作。但到了民國五年（西元一九一六），胡適之先生提倡用白話作詩歌，主張分行寫詩，才甩掉舊詩的形式，成了一種新詩體了。

因爲我國詩萌生的很早，詩歌的寫作技巧早就很成熟。周朝詩人作詩就有「賦」、「比」、

「興」三種方法：賦，就是用平鋪直敍的寫法，來描敍所見所聞，所感所思。比，就是借其他事物作譬喩，來寄託情思。興，就是感物起興，由某一事情、某一景物，突然勾起一段情思。屈原在《離騷》中，用「虬龍、鸞鳳寄託君子，飄風、雲霓譬喩小人」，這種方法就是現代人所謂「象徵」。這四種作法，對後代詩人寫作技巧有很大的影響；因此，漢朝以後有名的詩人日漸增多。唐代尤盛，根據《全唐詩》，流傳至今的唐詩，還有四萬八千多首，包羅了兩千二百多位詩人。其他各代，詩人之衆，作品之多，也可以想像而知了。在歷代這許多詩人中，當然有許多好作品值得介紹欣賞，尤其他們的寫作技巧與風格，更值得我們從事寫作的人探討研究，沈浸探擷。

現在，我就歷代中國詩人中，挑出最具有代表性的：曹植、陶淵明、李白、杜甫、王維、李商隱、蘇軾、徐志摩等八位，介紹他們的寫作技巧與風格。當然，中國有名的詩人不止這八位；但限於交稿時間的迫促，只有十幾天，我只好以我個人的主觀，挑了這八位詩人。根據他們作品風格的特色，選出一兩首至五六首作品，作爲樣本，加以介紹，主要在討論他們寫作的特殊技巧，因而形成他們的作品不同的風格。現在依次論介如下：

一、曹植（西元一九二～二三二）

曹植字子建，是漢末魏初最著名的詩人，著作有《曹子建集》，今存詩約一百首左右。

他的父親曹操是東漢獻帝建安時（西元一九六——二一九）政壇上的領袖人物，總攬政權。他從小就有很好的文學教養，文思敏捷，提筆立成。曹操特別寵愛他，爲魏王時，甚至想立他做事業的繼承人。當時名士丁儀、丁廙、楊修都擁護他，卻也因此引起乃兄曹丕的不滿與猜忌。這時，他的生活寫意，風流倜儻，時常和詩人文士一起，飲酒作詩，所寫的多半是遊覽、公讌、鬪鷄、送別、贈答、棄婦、美女之類，造語美麗，詞多修飾，句尙駢對。

但到了曹操過世，曹丕篡代了漢朝，登上皇帝的寶座（西元二二〇）之後，他就深受壓迫，好友丁儀兄弟都遭到殺害。他曾作有〈七步詩〉說：

煮豆持作羹，漉菽以爲汁；萁在釜下燃，豆在釜中泣！本自同根生，相煎何太急？

這時，他寫的詩，如〈七哀詩〉、〈朔風詩〉、〈盤石篇〉、〈吁嗟篇〉、〈贈白馬王彪〉、〈野田黃雀行〉……等，大多是個人的抑鬱與憤慨，離愁與感觸，希望與祈求，採用委婉纏綿、寄託悠深的文字來表現，作風和內容和建安時完全不同，可說是洗盡了鉛華，歸趨眞樸，表露的都是眞摯感人的情思。

他受疑忌壓迫的情形，直到曹丕過世，他的姪子曹叡繼位，做了皇帝，才稍爲改善，但仍不受重用，所作詩如〈鰕䱇篇〉說：「鰕䱇游橫潦，不知江海流」，感傷述懷，聲氣豪健；如〈名都篇〉、〈白馬篇〉，辭采又漸贍麗。

因此，我們可以知道作品的內容與風格，常常和詩人的生活與境遇有密切的關係。現在我們就從這個角度來看曹植的詩，先談他在建安時所作的〈公讌詩〉：

公子敬愛客，終宴不知疲。清夜遊西園，飛蓋相追隨。明月澄清景，列宿正參差，秋蘭被長坂，朱華冒綠池，潛魚躍清波，好鳥鳴高枝。神飈接丹轂，輕輦隨風移，飄颻放志意，千秋長若斯。

建安時，由於曹操網羅各地第一流的詩人文士，有孔融、阮瑀、徐幹、王粲、陳琳、劉楨、應瑒等七子，還有繁欽、邯鄲淳、楊修、吳質等人，鄴都（今河南臨漳縣）就成爲政治與文學中心，再加中原日趨安定，鄴都開始修建臺閣園池；十五年（西元二一〇）築銅雀臺，建西園。曹丕兄弟和這些詩人作家常相聚一起，遊園池，賞風月，談笑酣歌。曹植的這首〈公讌詩〉就是寫他陪從乃兄曹丕宴飲遊園的歡樂。同時作者還有王粲、劉楨、阮瑀等人，大概都是酬和曹丕作的〈芙蓉池詩〉吧。

這首詩由曹丕宴客之後，趁着清靜的夜驅車往遊西園寫起，結束於希望能永遠如此歡樂。寫的最成功的，是中間六句寫景的部分，描寫入園後所見種種美景。他安排一個句子寫一個景物：明月放出清輝，羣星正在閃爍，秋蘭開遍了長坡，紅荷冒出綠池，潛魚掠過清波，好鳥啼叫枝頭，把像彩畫似的美景，一幅一幅呈獻在讀者的眼前。每下一個字，都非常精麗靈活，畫面具體。例如「朱華冒綠池」一句，「冒」字「綠」字都用得非常好；荷葉是綠色的，池面又常被綠萍蓋滿，所以說是綠池；由「冒」字，我們可以想像到亭亭而立的一朵朵「紅」荷花，從這一片

「綠」色中冒了上來的景象，是多麼動人。「冒」字點活了這美麗的畫境，古人稱這種用字，叫做「詩眼」，意思是說好像人們的眼睛那樣的靈活生動。由「秋蘭」句，可以想像蘭花的幽香襲人，隨風遠送；「潛魚」句，可以想像銀色的魚兒一下子從水裏飛躍出來，掠過了清波，又再投影於月下的水中，是多麼靈動優美；「好鳥」句，可以想像鳥兒在高高的枝頭，宛轉鳴唱着好聽的歌兒。總而言之，這六句詩是造語清麗，寫景工巧，畫境具體，很能把握住西園景物的特點描寫了出來。接着又用「神」形容「風」，「輕」字形容「車」，表現出涼風吹送着車輪，車輪隨風輕快轉動，表現夜風吹人的涼爽舒適，馬車順風而行的輕快調子，也反映出當日他們遊園心境的愉快輕鬆。「寫物」也是「寫情」。處身在這樣美的月夜裏，觀賞這樣美的夜景，在這樣涼爽的夜風裏，車子在輕輕移動，這時自不免飄飄欲仙的感覺，於是有讓自己恣情遊玩，縱心陶醉的心理產生，我想無論什麼人，至此都會希望永遠像今夜這樣地生活着遊樂着，所以詩最後說：「飄颻放志意，千秋長若斯。」全詩僅十四句，即將待客之忱，景物之美，遊賞之樂，通通描寫了出來。

由曹植這首〈公讌詩〉，給我們寫作詩歌，有三點啓示：

第一、在各種文學作品中，詩歌是文字最濃縮的一種文學，應該特別注意文字的錘鍊與使用。

第二、詩歌寫景應該把握那最具有代表性的景物來寫，像曹植把握西園中的月色、星光、秋蘭、紅荷、魚躍、鳥鳴六個景物，用六個句子表現出來。其實詩歌記人敍事，抒情說理，亦當如是。

第三、詩歌的結構是非常嚴密的。像＜公讌＞這首詩，分三部分：開頭四句，中間六句寫景，結尾四句。寫詩在內容的安排方面，也要注意結構的問題。

現在，我們再讀曹植在建安以後的作品＜七哀詩＞：

明月照高樓，流光正徘徊；上有愁思婦，悲歎有餘哀；借問歎者誰？言是客子妻。君行踰十年，孤妾常獨棲。君若淸路塵，妾若濁水泥。浮沈各異勢，會合何時諧？願爲西南風，長逝入君懷。君懷良不開，賤妾當何依？

曹植的＜七哀詩＞，是抒寫一個女人因爲丈夫離家遠行，獨處空閨的哀怨。由月亮高掛夜空，照見高樓，但到了夜深，還照着高樓上，好像徘徊不去寫起。爲什麼月亮徘徊不去？是因爲看到樓上有一個少婦正在愁思悲歎，因而停留下來，甚至打聽她爲什麼悲歎愁思？我們知道月亮是沒有感情的物體，這裏卻把月亮看作有感情的，能夠受人愁思的感染。若拿現代寫作理論來解釋，這就是「擬人」的寫法，把「明月」當作「人」一樣的來描寫。接着詩人就敍述這個女人的遭遇：說她是遠遊外鄉的客人的妻子。「君行踰十年」，寫她丈夫離家時間的長久；「孤妾常獨棲」，說盡她生活的孤另寂寞。用字非常簡鍊，兩句一對襯，就烘托出這個女人的辛酸。現在有些年輕人也常常拋下新婚不久的妻子出國留學，久久不歸；我想當他十年後回來，新婦也早已成了舊婦，青春已逝。古人重利輕別離，今人又何嘗不是。人生的悲哀，往往是由人自己造成的。

黃節說：「淸路塵」與「濁水泥」是一個東西。「塵」和「泥」都是土；飄浮起來的細土是塵，沈澱下去的土便是泥。這裏用以譬喻「她」和「她丈夫」原是一體，猶如「塵」與「泥」都是「土」；可是後來的境遇不同；丈夫得志遠遊，就像路上的浮塵，所以說「君若淸路塵」；自己留居窮鄉，就像水中的沈泥，所以說：「妾若濁水泥」。路上塵是到處飄浮，水中泥是沈留一地，所處地位，各自不同；塵飛泥沈，所以要想再會合爲一體，實在困難。到處飄浮的「塵」甚麼時候纔會再飛回來，和這水中的「沈泥」會合呢？這是沒法預料的，所以說：「浮沈各異勢，會合何時諧？」這四句譬喻，極爲巧妙，深刻而婉曲。

最後「願爲西南風」四句，說她願意化做西南風，到遠方尋找丈夫，想投入他的懷抱；但又想到假使丈夫的懷抱不肯敞開的話，那麼她這種想法也是枉然的，不能做到了。這時，我還有什麼依靠而活下去呢？全詩寫閨婦的深摰思情，哀怨之極，所以題作「七哀」。

這首是寫閨情的詩，但過去的學者，如劉履等舊注，都認爲是「思君」、「望文帝悔悟」的作品，借丈夫未歸，閨婦愁思，象徵曹植自己對他的哥哥魏文帝曹丕的思情。劉履說：「子建與文帝，同母骨肉，今乃浮沈異勢，不相親，猶如這首詩中之夫婦。君喩文帝，孤妾自喩。」這種說法，也不能說沒有道理。假使這種說法能夠成立，這種譬喻象徵的作法，自然使作品的意味委婉而含蓄，形成溫柔敦厚的風格。

由曹植〈公讌〉與〈七哀〉這兩首詩風格的轉變，更可證實生活境遇與作品實在有極密切的關係；所以研究詩歌，除了從作品本身下手之外，還要從這個詩人的事蹟，加以探討，才能得到正確深入的理解。

二、陶淵明（西元三七二～四二七）

陶淵明，一名潛，字元亮，著作有《陶淵明集》，詩今存一百二十六首。他是中國最有名的田園詩人，生於東晉末、劉宋初。他的家在潯陽柴桑山，就是現在江西省九江縣西南的廬山下的一個農村。他年輕時是一個胸懷猛志的青年，離鄉遠行，做過鎮軍參軍、建威參軍、彭澤縣令等官。由於當時政治黑暗，藩鎮稱兵，盜賊蜂起，賦重役苛，戰亂饑荒，瀕臨人間，人民生活困苦極了。他不願同流合汚，矯情阿世，又無力改革社會，安定天下。他終於辭職回鄉，種田謀生。他有名的〈桃花源記〉，就是他因厭惡戰亂而描繪的一個理想的樂土。他回鄉之後，寫了許多優美閒適的詩篇，傾訴自己的情懷，描繪農村的生活，歌頌自然的美景。

陶淵明年輕時所作辭賦，文字大概非常優美。在他抒寫愛情的〈閑情賦〉中，就有美麗像詩一般的辭句：

願在衣而爲領，承華首之餘芳；
悲羅襟之宵離，怨秋夜之未央！

願在裳而爲帶，束窈窕之纖身；
嗟溫涼之異氣，或脫故而服新。
願在髮而爲澤，刷玄鬢於頹肩；
悲佳人之屢沐，從白水以枯煎。
願在眉而爲黛，隨瞻視以閑揚；
悲脂粉之尚鮮，或取毀於華妝。
願在莞而爲席，安弱體於三秋；
悲文茵之代御，方經年而見求。
願在絲而爲履，附素足以周旋；
悲行止之有節，空委棄於牀前。
願在晝而爲影，常依形而西東；
悲高樹之多蔭，慨有時而不同。
願在夜而爲燭，照玉容於兩楹；
悲扶桑之舒光，奄滅景而藏明。
願在竹而爲扇，含淒飈於柔握；
悲白露之晨零，顧襟袖以緬邈。

願在木而爲桐，作膝上之鳴琴；
悲樂極以哀來，終推我而輟音。

他採用了重疊反覆的十個排比句，來表達他熱愛一個美麗的少女的感情，是那樣的熱烈，那樣的惶惑，又那樣的無望。

這種由「四句構成一組」的抒情曲，他一疊連反覆地唱了十次；這在中國舊詩人的作品中是很少見的。我們試用白話譯一節看看：

我願意做妳衣服上的領子，
領受妳那鮮花兒般的臉兒上的芬芳；
可悲的是每一個夜裏，
這綢領子都要暫時離開了妳，
我實在怨恨這秋夜的悠長！

這美麗又深情的譬喻，就好像漂滿了花兒的春泉，分做十波，一波又一波，流過那個女郎的心靈，在她的心中回蕩輕漾，自然爲他的愛，他的情而心醉了！

陶淵明寫的詩，卻不像他的辭賦這樣的美麗，文字比較平白，富有哲理，自然冲淡而有味，表現着閒適的意境，天然自得的奇趣。正如蘇東坡所說：「質而實綺，癯而實腴。」（〈與蘇轍書〉）。他所作〈歸園田居詩〉共五首，今錄第一首如下：

少無適俗韻，性本愛邱山，誤落塵網中，一去十三（一作三十）年。羈鳥戀舊林，池魚思故淵，開荒南野際，守拙歸園田。方宅十餘畝，草屋八九間，榆柳蔭後檐，桃李羅堂前，曖曖遠人村，依依墟里煙，狗吠深巷中，鷄鳴桑樹巔。戶庭無塵雜，虛室有餘閒，久在樊籠裏，復得返自然。

陶淵明在這首詩裏，用了許多譬喻與對偶；這首詩的好處，卻是在平白如話，非常自然，所以能夠給我們留下非常具體而深刻的形象，使我們知道他的性情，喜歡自然，不大適應世俗，視官場如羅網，所以經過了十幾年，終於像籠中鳥、池中魚思念老家，終於辭職回到故鄉，在南山下開荒種田。他的家有八九間草屋，十幾畝田地，桃紅李白開滿廳堂前，十分絢爛；榆錢烟柳遮住後屋簷，一片濃蔭，環境很美。他田裏工作回來，在門前簷下，可以看到遠處的村落，在昏暗的暮色下，飄起裊裊的炊煙。還有小狗聽到有人前來，就汪汪地要叫破了這一巷的深靜。天一亮，大公鷄就飛上了桑樹巔，喔喔的啼叫。他說他深深感受到在老家的生活，是沒有一絲塵俗雜亂的煩人，家裏擺設雖然簡單，他卻覺得充滿了閒適；他這才驚喜自己好像鳥兒突破了樊籠，又飛回了大自然了。

我們對陶淵明的這首詩，爲什麼能夠體會得這樣的深切？就因爲他寫得自然極了，一點都不借用人工，藻飾刻琢，所以每一句都好像衝口而出，隨手拈來，都好像從心湖中流了出來。春天的花紅草綠，純出於自然，所以充滿生命的情趣；秋夜的月圓蟹肥，純出於自然，所以含蘊有深遠的意味。詩人平日久釀著情思，所以當下筆時，也就無一語不自然，看來平淡樸實，卻有天香國色的情味；這就是天然自然的美。現在我們再看第三首：

種豆南山下，草盛豆苗稀；晨興理荒穢，帶月荷鋤歸。道狹草木長，夕露霑我衣；衣霑不足惜，但使願無違。

這寫他有時在田間種豆鋤草晚了，他踏着滿地銀粉一般的月光，肩上扛着鋤頭，慢慢地走了回來。這是多麼美麗的夜景，也是多麼美麗的詩境。「帶月荷鋤歸」一句，就有無窮的意味。當然也寫出他憑靠勞力，努力耕作，堅強地追求自己的理想生活。又如第五首：

悵恨獨策還，崎嶇歷榛曲，山澗清且淺，可以濯吾足。漉我新熟酒，隻鷄招近局。日入室中闇，荊薪代明燭，歡來苦夕短，已復至天旭。

這寫他心裏煩悶的時候，就在清溪邊洗腳洗臉，然後殺隻鷄，招請鄰近的親友來喝酒，直喝到太陽西落了，再燃起松香木柴，在閃閃的火光下，再繼續痛快地喝酒，談笑，直到了天亮。又寫出農家生活溫馨的一面，也令人羡慕。

總之，他這些詩全用白描的手法寫的，自自然然寫去，就把他歸隱後的生活，農家恬淡閒適的景象，非常眞實親切地表現了出來。正如梁啓超所說：「陶淵明是農村美的化身。」

有人說：「詩文無論平奇濃淡，總以自然爲貴。」作詩作文，求臻自然；這是詩人作家所努力的理想。我認爲「自然」的境界，有兩種：一種是天生的自然，像陶淵明的詩就是，這是最容易也是最困難達到的。一種是人爲的自然，這是許多詩人作家所努力的。他們慘淡經營，爲求自然；嘔心苦思，爲求自然；刻意雕琢，爲求自然。像謝靈運（西元三八五——四三三）、鮑照（西元四一二？——四六六）、謝朓（西元四六四——四九九）等人，描繪山水的詩篇，都力求寫得自然，有許多佳句。但他們的自然，都是經過雕鐫琢磨，錘鍊鎔鑄來的，構成謝靈運的險奇警秀，鮑照的淫豔驚魂，謝朓的精工流麗。

謝靈運詩，除「池塘生春草，園柳變鳴禽」（〈登池上樓〉），舊說是夢中得來的極其自然的好句外，其他像「傾耳聆波瀾，舉目眺嶇嶔」（〈登池上樓〉）二句，「波瀾」借代濤音，「嶇嶔」借代高山，用法特別。「密林含餘清，遠峯隱半規」（〈游南亭〉）二句，用「餘清」描寫雨後林間還含着清涼的空氣，「半規」譬喻遠峯隱隱托着快要落下去的半個太陽。「林壑斂暝色，雲霞收夕霏」（〈石壁精舍還湖中作〉），描寫夕陽西落、暮色漸濃的情況，用「斂」、「收」二字，實在工巧。「春晚綠野秀，巖高白雲屯」（〈入彭蠡湖口〉），綠野「秀」是因春「晚」，白雲「屯」是因巖「高」，可見他的巧思。「白雲抱幽石，綠篠媚清漣」（〈過始寧墅〉），「抱」、「媚」二字，把「白雲」、「綠篠」都人情化了。像這類用字用詞，都可見出謝靈運運思鎔造的地方，不過造得極巧，顯得自然可愛罷了。沈德潛說謝詩「大約經營慘淡，鈎深索隱，而一歸自然」。又說：「陶詩合下自然，不可及處，在眞在厚；謝詩追琢，而返於自然，不可及處，在新在俊。」（《古詩源》卷十）

鮑照詩，如「歸華先委露，別葉早辭風」；「蜀琴抽白雪，郢曲發陽春」（〈翫月城西門廨中〉），花落歸根，叫做「歸華」；葉零離枝，稱之「別葉」；「白雪」、「陽春」，都是古代的名曲。鮑照在詩句中，用「歸」、「別」、「抽」、「發」這些極常見的字，形成極清新美麗的詩句，他的用法卻也極奇特淑詭。難怪蕭子顯說他「雕藻淫豔，傾炫心魂」（《南齊書・文學傳論》）。沈德潛評謂：「五古雕琢，與謝公（靈運）相似，自然處不及。」（《古詩源》卷十一）至於像「疾風衝塞起，沙礫自飄揚，馬毛縮如蝟，角弓不可張。」（〈代出自薊北門行〉），寫大軍出塞的情況，極爲豪放勁健，自然有力。

謝朓詩，如「餘霞散成綺，澄江淨如練，喧鳥覆春洲，雜英滿芳甸」（〈晚登三山，還望京邑〉），寫晚霞的美，澄江的清，鳥的多，花的盛，無不絕美。「金波麗鳷鵲，玉繩低建章」（〈暫使下都〉），金波喻月光，月光照在鳷鵲觀上，玉繩星低掛建章宮下，用詞華美富麗。「魚戲新荷動，鳥散餘花落」（〈遊東田〉），寫魚游鳥飛，堪稱超凡脫俗。「寒槐漸如束，秋菊行當把」（〈落日悵望〉），寫秋槐凋落，枯瘦如束；新菊開放，採摘盈把，暗示已到懷鄉的涼秋。讀謝朓的這些詩句，只覺得像初放的花意，像初圓的月輝，教人魂醉，不知他用字選詞，用心也極艱苦。陳繹曾說：「謝朓藏險怪於意外，發自然於句中。」（《詩譜》）

「自然」雖出於天機，不能勉強獲得；寫詩時若能不斷用心，構思，修潤，也能夠使你的作品達到自然巧妙的境地了。

一個偉大的詩人，莫不有其人生觀，有他一套人生哲學，作為他自己生活的原則；因此在他的作品中，也就往往表現着能夠啓發、指引讀者的哲思，提高讀者的生命境界，增加讀者生活的樂趣。在陶淵明的詩中，時時有富有哲理意味的詩句，往往能給人深思頓悟。如：

民生在勤，勤則不匱。（〈勸農〉）

不有同好，云胡以親？（〈答龐參軍〉）

繁華朝起，慨暮不存。（〈榮木〉）

既見其生，實欲其可。（〈命子詩〉）

落地為兄弟，何必骨肉親！（〈雜詩〉一）

有生必有死，早終非命促。（〈挽歌詩〉）

有子不留金，何用身後置？（〈雜詩〉）

家為逆旅舍，我如當去客。（〈雜詩〉七）

駟馬無貰患，貧賤有交娛。（〈贈羊長史〉）

衣食當須紀，力耕不吾欺。（〈移居〉二）

吁嗟身後名，於我若浮煙。（〈怨詩楚調，示龐主簿鄧治中〉）

寒暑有代謝，人道每如茲。（〈飲酒〉一）

故老贈余酒，乃言飲得仙。（〈連雨獨飲〉）

一生復能幾？倏如流電驚。（〈飲酒〉三）
死去何所知？稱心固爲好。（〈飲酒〉十一）
客養千金軀，臨化消其寶。（〈飲酒〉十一）
不覺知有我，安知物爲貴。（〈飲酒〉十四）
宇宙一何悠，人生少至百。（〈飲酒〉十五）
覺悟當念還，鳥盡廢良弓。（〈飲酒〉十七）
大象轉四時，功成者自去。（〈詠二疏〉）
貧富常交戰，道勝無戚顏。（〈詠貧士〉）
營己良有極，過足非所欽。（〈和郭主簿〉）
人生似幻化，終當歸空無。（〈歸園田居〉四）
形迹憑化往，靈府長獨閑。（〈戊申歲六月中遇火〉）
萬化相尋異，人生豈不勞？（〈己酉歲九月九日〉）
古來功名士，慷慨爭此場；一旦百歲後，相與還北邙。（〈擬古〉四。北邙山，漢、魏、晉時的墳場）
丈夫志四海，我願不知老；親戚共一處，子孫還相保。（〈雜詩〉四）
縱浪大化中，不喜亦不懼，應盡便須盡，無復獨多慮。（〈神釋〉）

陶淵明喜歡喝酒，熱愛家人，努力耕作，守道安貧，知足常樂，曠達自得，淡漠名利，超脫生死，但求生活適意的人生觀，完全表露在這些文字中，成爲許多人所慕求的心靈境界，也使許多人猛醒，而不戚戚於追求富貴顯達。蕭統說：「觀淵明之文者，馳競之情遣，鄙吝之意祛，貪夫可以廉，懦夫可以立。」（《陶淵明集．序》）

在眞正深深澈悟了人生道理之後，詩人作家透過動人的筆觸，富有哲理的詩句，提升人生的境界，明悟人生的眞諦，導人走向快樂的旅途，鼓舞人生向上的意志，是最有意義的作品。淵明的思想雖稍嫌消極，也可作爲平凡人生的指標。他的詩所以有味，和他的詩富有哲思，當也有關係吧。

三、李白（西元七〇一～七六二）

李白字太白，唐朝人，是一個天才橫溢的詩人，著作有《李太白全集》，詩今存一千零四十首左右。他人長得很漂亮，眼睛大大的，炯炯有光，留着五綹烏鬚，神采飛逸。唐玄宗天寶元年（西元七四二），徵召他入京都陝西長安，爲翰林供奉，極受寵遇，成爲宮廷詩人，作了許多典雅美麗的樂章，像〈清平調〉三闋，就是用紅艷的芍藥花來象徵楊貴妃，就是這時期所作。他性格豪邁，生活狂放，親貴都跟他交往。他在〈流夜郎，贈辛判官〉詩中，回憶這段生活說：「夫子紅顏我少年，章臺走馬著金鞭，文章獻納麒麟殿，歌舞淹留玳瑁筵。」

李白寫詩，就像他的爲人，像天馬飛行空中，東西南北，任情馳騁，非常豪放飄逸，正像蘇軾、蘇轍、嚴羽、高棅所說。他隨手寫了下來，都像飛霞夜星，珍珠美玉那樣的動人心魄。他作有一首〈醉興〉：

江風索我狂吟，山月笑我酣飲。醉臥松竹梅林，天地藉爲衾枕。

他寫的就是他灑脫出塵的生活。賀知章說他是天上謫降下來的仙人。除了他的性格與生活，形成他豪放的詞氣外，他喜用誇飾的文辭，善造清新俊逸的風調，以及他喜歡描繪風月草木，狂歌神仙酣飲。吟唱綺思麗情，再加逸興妙想，變化多端，自然巧妙，一掃陳腐，因而形成李白詩的豪放飄逸的風格，使人詠來，飄飄欲仙。難怪杜甫讚美他說：「筆落驚風雨，詩成泣鬼神。」（〈寄李十二白〉）我們試高聲吟誦李白的一些詩句，像：

我本楚狂人，鳳歌笑孔丘。（〈廬山謠，寄盧侍御虛舟〉）

棄我去者昨日之日不可留，亂我心者今日之日多煩憂！……抽刀斷水水更流，舉杯消愁愁更愁。（〈宣州謝朓樓餞別校書叔雲〉）

噫吁嚱危乎高哉！蜀道之難難於上青天！（〈蜀道難〉）

這類詩句的詞氣聲勢，都是何等豪放雄邁！眞像驟風急雨，飛馳前來，又好像狂瀾巨浪湧進了我們的心靈。又像：

君不見黃河之水天上來，奔流到海不復回！君不見高堂明鏡悲白髮，朝如青絲暮成雪！（

〈將進酒〉)

由這矯健凌厲的詩句，強勁逼人的氣勢，我們可以感受到中國這一條發源於青海巴顏喀喇山北麓，流經九省，長約四千八百四十五公里的黃河：濁流滾滾，水勢滔滔，從高高天際下來，飛奔流入渤海的快速情勢。使我們自然產生時光飛逝的悲感，就像這黃河之水，一去不復回！這時若再照見鏡子裏，自己鬢邊的白髮，又怎能不驚心：早晨頭髮還黑亮如青絲，傍晚就變成白雪一樣的白了。他用「黃河之水天上來」，暗示時光的快逝；他用「朝」與「暮」兩字，濃縮了數十寒暑的長時間，只不過早晚一瞬間罷了，強調表現人生的短暫，衰老極快速的感覺。他這四句詩用豪放的詞氣，誇張的技巧來表現，留給我們非常驚心駭目的深刻的印象。又像：

「一風三日吹倒山，白浪高於瓦官閣。」（〈橫江詞〉）瓦官閣，高三十五丈；寫橫江上的風大浪高，十分險惡。「桃花潭水深千尺，不及汪倫送我情」（〈贈汪倫〉），用水深千尺，來譬喻汪倫送別他的深情。「朝辭白帝彩雲間，千里江陵一日還，兩岸猿聲啼不住，輕舟已過萬重山」（〈早發白帝城〉），描寫長江三峽中，舟行如飛，一下子就穿過萬重山嶺，非常迅速。他巧妙運用大大小小的一些數字，像「一風三日」、「千尺」、「千里」、「一日」、「萬重」來誇飾，就將種種情景，非常生動地舖張描寫了出來。在《李太白集》中這類誇飾的文辭，可說俯拾皆是，多到不勝枚舉。他的長篇歌行，像〈夢遊天姥吟留別〉、〈遠別離〉、〈蜀道難〉，都表現了他氣豪蓋世的才情。至於：

犬吠水聲中，桃花帶雨濃。樹深時見鹿，溪午不聞鐘。野竹分青靄，飛泉掛碧峯。無人知所往，愁倚兩三松。（〈訪戴天山道士不遇〉）

揚清歌，發皓齒，北方佳人東鄰子，且吟白紵停綠水，長袖拂面爲君起，寒雲夜卷霜海空，胡風吹天飄塞鴻，玉顏滿堂樂未終。（〈白紵辭〉。白紵，歌名；綠水，舞曲名。）

這些就是杜甫所說李白詩中「清新庾開府，俊逸鮑參軍」之類的作品。這是杜甫在〈春日憶李白〉詩中，讚美李白的話，用南北朝的詩人庾信（西元五一三——五八一）的清新和鮑照（西元四一二——四六六）的俊逸風格，來譬況李白的詩。〈白紵辭〉一首的間架句意都是模倣鮑照的作品，描寫秋深夜寒時，歌舞流連，滿堂歡樂，而盛稱歌舞女郎的美麗與才藝，的確可以媲美鮑照的作品。「寒雲夜卷霜海空，胡風吹天飄塞鴻」，用實景寫時間，是由鮑照的「窮秋九月荷葉黃，北風驅雁天雨霜」轉化來的；當然，也可以看做是描寫舞者長袖繽紛，飄飛漫舞的情狀。

現將〈訪戴天山道士不遇〉的大意，語譯如下：

狗兒聽到我來的腳音，
在滿山流水聲中，
親熱地叫了起來。
桃花含着晶瑩的雨珠，
紅的更紅了。

在樹林深處，
沒有半個人影，
卻時時看到悠遊自在的麋鹿。
我走到清溪邊，
還聽不到廟觀裏中午打鐘聲。
野竹分開淡青的煙靄，
飛泉掛在碧綠的山峯，
可是沒有人知道，
戴天山道士上哪兒去了？
沒遇到他，我感到十分惆悵！
靠靠這一棵松樹，
又靠靠那一棵松樹，
不見他回來，
還不見他回來！

我們讀來，可以感覺到他文字的清新，風調的俊逸，意境的美麗。像「犬吠水聲中」之類是多麼脫俗。「狗叫」本是很難聽而教人討厭的聲音，但在溪水淙淙聲中，聽到狗叫，卻富有美感了。「桃花帶雨濃」的「濃」字，也用得極好，把春雨清洗後的麗景表現了出來。鹿本畏人，這裏鹿卻忘機，跟人相處交遊了；將這山中境地的安寧靜謐，不待多言，卻都表現了出來。由此，我們可以深深體會李白詩的「飄逸」了。

李白的作品純是他自我的反映，把他自己的情性溶入作品裏，表現了他豪放飄逸的類型風格，吐露着萬丈的光燄。

四、杜甫（西元七一二～七七〇）

杜甫字子美，是唐玄宗時詩人，與李白齊名。著作有《杜工部集》，詩今存一千四百五十六首。他生於河南鞏縣，後來浪遊各地，到過長安。天寶十四載（西元七五五），安祿山叛變。第二年，他從鄜州前往鳳翔，追隨肅宗皇帝。後來又回鄜州，攜妻子，回鞏縣。不久，官軍戰敗，他又帶着妻兒，逃向秦州，輾轉逃到四州成都，在西郊外浣花溪邊，築了一所草堂，安居下來，劍南節度使嚴武任命他作參謀，檢校工部員外郎。嚴武死，川中大亂；他避亂東走。代宗大曆五年（西元七七〇）病卒於耒陽。

他寫詩非常用心，態度極認眞。他自己說：「語不驚人死不休」，作好了，常常一再修改，求其出奇驚人，不像他的好友李白靈思敏捷，作得輕鬆。因此，李白還寫了一首詩來嘲笑杜甫說：

飯顆山頭逢杜甫，頭戴笠子日卓午；爲問因何太瘦生，總爲從來作詩苦！（〈戲贈杜甫〉）

不過，杜甫的詩也寫得非常好，宋朝人楊萬里就尊稱他爲「詩聖」。

他的詩大都是忠實地反映當時的生活與社會，批評開、天年間貴族生活的奢侈糜爛，記述安祿山、史思明動亂的悲慘情況，表現他憂民愛國的感情，寄託他諷刺勸喻的深意。白居易在〈與元九書〉中所提，如「『新安吏』、『石壕吏』、『潼關吏』、『塞蘆子』、『留花門』之章，『朱門酒肉臭，路有凍死骨』之句」，都是這一類的作品。

杜甫有許多作品，是當時詩人所趕不上，像〈北征〉、〈兵車行〉、〈垂老別〉，連李白也不能作到。爲什麼杜甫會有這種成就？我認爲有三點原因，值得我們注意：

第一、杜甫讀過許多書。他在〈奉贈韋左丞〉的詩中，說他年輕的時候曾讀過許多書，讀書對他後來寫詩很有幫助；他說：「讀破萬卷書，下筆如有神，賦料揚雄敵，詩看子建親。」

第二、杜甫到過許多地方。他有一首詩，寫他的〈壯遊〉說：「東下姑蘇臺，已具浮海航。到今有遺恨，不得窮扶桑。劍池石壁窄，長洲荷芰香。嵯峨閶門北，清廟映廻塘。越女天下白，鑑湖五月涼。剡溪蘊秀異，欲罷不能忘。歸帆拂天姥，中歲貢舊鄉。放蕩齊趙間，裘馬頗清狂，春歌叢臺上，冬獵青邱旁」，「快意八九年，西歸到咸陽。」由這首〈壯遊〉，可以看出他到處旅行遊歷。他到過江蘇蘇州的姑蘇臺、虎邱山劍池、長洲、閶門北吳太伯廟；然後渡過錢塘江，到浙江，遊鏡湖、剡溪、天姥山；然後由吳、越，回到故鄉河南洛陽、鞏縣一帶，應試不第，又前往齊、趙地方去遊歷，在河北邯鄲縣的叢臺高歌，在山東青邱上打獵；這樣在外快意放蕩了八九年，後來西去京都陝西長安。咸陽昔稱京都。

第三、杜甫身經最興盛最動亂的時代。體驗之深，刻骨難忘，發之詩文，都是至情之作。

總之，他大量讀前人的詩集書史，當然濶大了他的胸襟，提高了他寫作的技巧，也充實了作品的內涵；山川的靈秀，浪遊的生活，激蕩他的情思，引起他的感興，也點燃了他寫詩的生命；再加上時代由極盛而衰落，由太平而動亂，由歡樂而悲哀，京都陷賊，皇帝蒙塵，貴族遭戮，人民逃亡，戰爭激烈，血染山河，驚心觸目，感受非常深；再加他的妙筆很會陳述這些感人的時事，常常一寫，就是成千言。因此，在風格上，他的作品好像「渾涵汪洋，千彙萬狀」，兼綜古今諸家的長處。正如元稹在〈杜君墓誌銘〉裏所說：「上薄《風》、《騷》，下該沈（佺期）、宋（之問），言奪蘇（武）、李（陵），氣呑曹（植）、劉（楨），掩顏（延之）、謝（靈運）之孤高，雜徐（陵）、庾（信）之流麗，盡得古今之體勢，而兼昔人之所獨專矣。」所以杜甫的詩，有的風格雄渾，有的氣勢橫逸，有的冲淡有味，有的藻采綺麗，有的峻潔精鍊，有的淺俗平易。奇怪尋常，濃淡深淺，長篇短章，新題舊材，都能各盡其妙處。詩就是文章，寫人記事，摹景體物，抒情說理，莫不寫得極好。難怪王安石說他「光掩前人，後來無繼」（語見金王若虛《滹南詩話》所引）。

現在，我們就從各方面來分析杜甫詩寫作的技巧吧。如〈江畔獨步尋花絕句〉：

黃四娘家花滿溪，千朶萬朶壓枝低；留連戲蝶時時舞，自在嬌鶯恰恰啼。

這首詩描寫春天來到的景象。第二句「千朶萬朶壓枝低」，他只用「壓」、「低」兩字，就把黃四娘家溪邊一帶繁花怒放的景象寫了出來。因此，吸引得蝴蝶兒快快樂樂的在花叢中遊戲飛舞，留連依戀，不想飛走。逍遙自在的黃鶯兒，也在這些花枝上，恰恰恰恰的嬌聲地歌唱着。其實「留連戲蝶時時舞，自在嬌鶯恰恰啼」這兩句也映現了詩人自已留連花下，不想離開與愉悅自在的心情。也可以說詩人把他自已當時看了美麗的景緻，所產生的沉醉愉快的心情，融入了他所寫的景物之中去了，因而造成了這一種情景交融的妙境了。現代的美學家把這種心理的現象，叫做「移情作用」。

此外，重疊詞「時時」、「恰恰」的應用，描摹蝴蝶飛舞的情景，黃鶯嬌啼的聲音，也非常生動。我們讀杜甫其他的作品，如「穿花蛺蝶深深見，點水蜻蜓款款飛」（〈曲江〉），由「深深」兩字，可以想像到：蛺蝶在花叢深處穿飛的情景；由「款款」兩字，表現出蜻蜓慢慢輕輕點着水面飛的情況。可見他善於寫景。由此，又使我想到他的另外兩句詩：「林花帶雨胭脂落，水荇牽風翠帶長。」胭脂譬喩紅花片片飄落的美，翠帶譬喩水荇的長柄搖曳的美。

杜甫寫景寫得好，我想主要是由於他仔細觀察外物，體會的深切，自然產生天然工妙的佳句。像「細雨魚兒出，微風燕子斜」（〈水檻遣心〉），細雨落到水面，成爲小小的水泡，魚兒不怕，反而喜歡浮游上來，雨大就不敢上來了。燕子身體輕弱，風猛就不勝，微風反而能借着風勢，悠閒飛翔。造成了陰柔優美的境界。又如＜登高＞詩：

風急天高猿嘯哀，渚清沙白鳥飛廻；無邊落木蕭蕭下，不盡長江滾滾來。萬里悲秋常作客，百年多病獨登臺。艱難苦恨繁霜鬢，潦倒新停濁酒杯。

這是一首抒情詩，有人說，是杜甫約在唐代宗大曆二年（西元七六七），住在夔府時，遊長江邊的高臺後所作。前人認爲這首詩，可以高據「唐律」的帝座，是「精光萬丈」、「高響入雲」的作品。開首的兩句，各用七個字，寫出三個景象：「風急」、「天高」、「猿嘯哀」與「渚清」、「沙白」、「鳥飛廻」，呈現了一片涼秋與晚暮的情景。「猿嘯哀」三字，已自勾起無盡悲秋的聲色；「鳥飛廻」，已自隱隱含有爲客離鄉的感觸。「無邊落木蕭蕭下，不盡長江滾滾來」二句，表現他縱目四望，聽到悲涼無邊的秋聲，看到壯濶無盡的長江的感受。「蕭蕭」一詞，描摹風吹落葉的聲響，「滾滾」描摹江水不停翻滾而來的形勢，句雄渾而意悲傷。的確寫得非常好。在這不勝悲慨的情思激蕩之下，詩人又怎能不引發「自己遠客他鄉，常自悲秋，人生短暫，又多病痛」深濃的感觸呢！國事的艱難與人民的苦恨，又增添許多白頭髮；個人窮困潦倒，身多疾病，而要新戒酒了。「無邊落木」句引發「萬里悲秋」句，「不盡長江」句引出「百年多病」句。可見他抒情也是一流的高手。＜春望＞：

國破山河在，城春草木深，感時花濺淚，恨別鳥驚心，烽火連三月，家書抵萬金，白頭搔更短，渾欲不勝簪。

杜甫在肅宗至德二年（西元七五七）三月，在陷身長安的賊區時所作。司馬光在《迂叟詩話》中說：「古人爲詩，貴於意在言外，使人思而得之。」就是在文字的表面之外，另有一層意思。據司馬光的說法，這首詩的頭四句，就有這一種「言外之意」；他說：「『山河在』，明無餘物矣；『草木深』，明無人矣；『花鳥』，平時可娛之物，現在見之而泣，聞之而悲，則時可知矣。」他的意思，是這時長安被安、史的叛軍所佔領了，城中遭到猛烈的破壞，由「國破山河在」一句，只有「終南山和渭水」還存在，暗示了出來。居民流離失散，逃亡一空，以致在這春光明媚的時候，因無人整理，長安也變成了雜樹蔓草叢生的荒城，用「城春草木深」一句暗示了出來。賞花聽鳥，原是怡情娛心的事，現在因時局動亂，家人離別，看到花，聽到鳥聲，反而勾引人感傷掉淚，怨恨驚恐而已；這種心境，由「感時」、「恨別」二句暗示了出來。這是多麼委婉含蓄的措辭。古人稱這種在文字表面的意義之外，另有一層寄託之意的，叫做「言外之意」，又叫做「絃外之音」。

我們知道寫詩必須有豐富的「想像」力。這樣才能將我們生活與知識、經驗所得的種種觀念與材料，透過想像鑄造，成了作品。劉勰說：「寂然凝慮，思接千載；悄然動容，視通萬里」（《文心雕龍．神思篇》）。我們可以純粹藉豐富想像，臆想了人事物種種的情景。杜甫也是一位極富想像力的，所作〈月夜〉詩：

今夜鄜州月，閨中只獨看。遙憐小兒女，未解憶長安。香霧雲鬟濕，淸輝玉臂寒。何時倚虛幌，雙照淚痕乾。

杜甫由自己在長安，夜裏看月，而想像他遠在鄜州的妻子和兒女的情況：他的妻子也在看着月亮，正在痴想着他；而他稚小的兒女，還不懂得想念遠在長安的這一位父親；他又想像他的妻子，懷人癡立很久，到了夜深時分，霧濕了頭髮，月冷浸透了雙袖，還不覺得呢。詩中所描述的這種情景，都是他自己運用想像想像出來的。

杜甫描寫人也自有一套。像〈飲中八仙歌〉：

知章騎馬似乘船，眼花落井水底眠。汝陽三斗始朝天，道逢麴車口流涎，恨不移封向酒泉。左相日興費萬錢，飲如長鯨吸百川，銜杯樂聖稱避賢。宗之瀟灑美少年，舉觴白眼望青天，皎如玉樹臨風前。蘇晉長齋繡佛前，醉中往往愛逃禪。李白一斗詩百篇，長安市上酒家眠，天子呼來不上船，自稱臣是酒中仙。張旭三杯草聖傳，脫帽露頂王公前，揮毫落紙如雲煙。焦遂五斗方卓然，高談雄辯驚四筵。

杜甫這首詩描寫唐玄宗天寶年間（西元七四二——七四四）秘書監賀知章、汝陽郡王李璡，左相李適之，齊國公崔宗之，太子左庶子蘇晉，供奉翰林李白，名書法家草聖張旭、焦遂等八個人，結為酒友。〈飲中八仙歌〉就是寫這八個人好酒的情態。劉中和在《杜詩研究》中說：「每一個人只用兩句至四句寫出」，十幾二十多字，「就把所寫的活生生地呈現紙上，把每個人的醉中神態，完全描繪出來，不落俗套。此種筆法，無人可及。」又說八個人的寫法，各有不同，用兩句寫賀知章醉後糊里糊塗的情態，是騎馬時仍搖搖悅悅，好像坐船，並想像他就是掉到井裏去，還會在水底睡着呢。用三句寫李璡的貪杯饞酒的情況，要先喝三斗，才去朝見皇帝，在路上遇到運酒母的車子經過，還要口角流涎呢，所以一心只想被封到酒泉去。用三句寫李適之吃酒的豪放，因喜歡喝酒，自請辭職，罷了宰相之後，每天要花萬錢來請人吃酒，豪飲猛喝，就像長鯨吸水。李適之自己有詩說：「避賢初罷相，樂聖且啣杯；爲問門前客，今朝幾個來？」用三句寫崔宗之的瀟灑高傲，從不青眼看人，酒喝多時，更加漂亮，好像玉樹臨風。兩句寫蘇晉，前一句寫沒酒時節他是一位虔誠的佛教徒，長齋禮佛，後一句寫有酒喝醉了，就往往不管什麼佛禪的事，寫出他對酒的落拓。四句寫李白喝了酒就才情迸發，詩思泉湧，喝醉了酒就恃着酒醉，狂態畢現，天子派人來叫他去，也不肯應詔上船了，見了天子，還自稱是「酒中仙」。三句寫書法家張旭，只要喝兩三杯酒，就能借酒助興，脫略形骸，不復拘謹，揮毫落筆，就能寫出了傳世的好草書。兩句寫焦遂說話口吃平淡，但喝多了酒，也就卓然不羈，高談雄辯，出語驚人。只此二十二句，就把八個人喝酒時的各種醉酒的情態，活龍活現描寫了出來，而且筆端充滿了妙趣。

爲什麼後人稱杜甫爲「詩史」呢？《新唐書．杜甫傳》說是因爲他「善陳時事」。換句話來說，就是杜甫常用詩歌來敍述開元天寶間盛況，安祿山、史思明的動亂，以及後來邊境的外患，等等時事，保留了當日的歷史，所以後代史家就稱他的作品爲「詩史」了。現舉〈悲陳陶〉一首爲例：

孟冬十郡良家子，血作陳陶澤中水。野曠天淸無戰聲，四萬義軍同日死。羣胡歸來血洗箭，仍唱胡歌飲都市。都人回面向北啼，日夜更望官軍至。

這首詩所記的，就是安祿山佔據長安、洛陽兩京後，到至德元年（西元七五六）十月，肅宗由靈武（今寧夏靈武縣），到彭原（今甘肅寧縣），宰相房琯請親自率領西北各郡義兵約十萬人反攻，想收復兩京。房琯命楊希文將南軍，從宜壽進兵；劉貴哲將中軍，從武功進兵；李光進將北軍，從奉天進兵。十月二十一日，中軍、北軍，和安守忠在陝西咸陽的「陳濤斜一名陳陶澤」地方，遭遇大戰，房琯沒有實際作戰的經驗，採用古代的車戰法，被安守忠縱火焚燒，兵陣大亂，傷亡慘重。這時，杜甫陷身長安，聽到官軍慘敗的消息，作了這首詩，記述當時官軍大敗，胡兵勝利歸來，樂歌狂飲，教都中人民暗中悲啼，仰望官軍的情況。在杜甫集中這一類作品非常多，今看來他所詠述都是當日的歷史。

我個人最愛讀的，還是杜甫的〈聞官軍收河南河北〉詩：

劍外忽傳收薊北，初聞涕淚滿衣裳，卻看妻子愁何在？漫卷詩書喜欲狂。白日放歌須縱酒，青春作伴好還鄉！卽從巴峽穿巫峽，便下襄陽向洛陽。

每當我讀這首詩的時候，就會使我回憶起民國三十四年（西元一九四五）八月十五日，我在福建省永安城的那一個晚上，日本無條件投降的消息，忽然傳到了這個山城。當我們經過八年抗日戰爭飽受痛苦之後，忽然聽到勝利的消息，那時的瘋狂歡喜，眞是言語筆墨所難以形容，鞭炮聲不停響着，全城的人都放下了手邊的工作，跑到街上，瘋狂地叫着，笑着，許多人高興地掉下了眼淚，也有狂歌漫舞的，也有喝酒慶賀的，大家都說：「我們不久可以回鄉了！」眞是歡樂充滿了整個城市。

杜甫這首詩所寫的也就是這種心境。自唐玄宗天寶十四載（西元七五五）十一月，安祿山在河北薊縣（即范陽郡）叛變，長驅南下，河北、河南，望風瓦解。其間叛軍雖爲爭權，互相殘殺，但這個動亂仍持續了八年，到肅宗寶應元年（西元七六二）十月，叛軍紛紛投降，唐朝的官軍才逐漸收復河南、河北；代宗廣德元年（西元七六三）正月，並佔領叛軍的老巢范陽。當這個消息傳到四川的時候，杜甫正在梓州（今四川三臺縣）；梓州和成都，都在四川劍閣縣劍門關以南，故稱「劍外」。薊北，指薊縣以北。這首詩就是寫當他在四川聽到官軍收復了河南河北這個好消息歡喜欲狂的心情，忍受了八年離亂的苦痛，開始聽到這個大好消息，忍不住高興到「涕淚滿衣裳」，又悲傷，又歡喜；接着寫一家人都像他一樣的高興，再沒有什麼可憂愁的了，所有憂愁都一掃而光了。接着又寫他自己本來正在看書讀詩，這時當然也因欣喜欲狂，那能定心看呢，隨手捲起書卷，和家人一起唱歌喝酒，大大慶祝一番。接着又寫他想到要趁着明媚春天，帶着妻兒回鄉去啦！說到回鄉，就恨不得卽刻從巴峽穿過巫峽，順着長江，直回湖北襄陽，再轉往洛陽，看看這兩個地方的老家呀！

人受外面的事物的刺激，引起激蕩起伏的情思，叫做「興會」；杜甫這一首詩完全將他自己一時興會所至、激蕩而生的種種情緒變化和心裏想法，描述了出來，流暢的像泉水一般的湧出來，貫串成一根琴絃，撥動讀者的心弦。每當我讀它，我就憶起了抗日勝利的情景！

五、王維（西元七〇一～七六一）

王維字摩詰，也是唐玄宗時人，官至尙書右丞，著作有《王右丞集》，詩今存四百八十首左右。他是一個早熟的詩人，又多才藝，能畫畫，又會作曲、彈琵琶。他十五六歲就有很好的作品，如〈洛陽女兒行〉〈桃源行〉流行京裏，所以不到二十歲就成名了。所作〈鬱輪袍〉曲，也爲公主所欣賞。十九歲參加京兆府考試，高中了第一名的解頭。二十一歲，中進士，年紀輕輕，就做起掌管音樂的「大樂丞」的官。

他因爲畫畫得好，在長安，和鄭虔、畢宏、吳道玄同爲名畫家，常被人請去在寺觀邸宅畫大壁畫，以山水、雪景、佛像三種有名，作品很多。當時畫家李思訓設色娟麗有名，稱做「金碧山水」，王維則提倡寫意的「水墨畫」，形成「南宗畫派」。

他晚年退隱在陝西藍田縣終南山輞谷中。這裏的景物，有「華子岡」等二十景。四時風景，都很可觀，像露掛曉林，日隱彩霞；像輕儵出水，白鷗矯翼，像鶯囀深林，鹿鳴幽巖；像春花滿溪，疎柳映塘，秋蝶紛飛，山雪凝翠，都有深趣，敎人沉醉。他旣是畫家，又是詩人，所以輞谷中美麗的風景，更促進了他的詩情畫意。他常用畫捕捉了許多如詩的情趣，用詩描畫了許多如畫的美景。因此，他不但創作了許多好畫，如「輞川圖」，也創作了許多描寫自然景物的好詩，如〈鹿柴〉、〈辛夷塢〉。

古人批評景寫得好的文字，就說「寫景如畫」。王維因爲是一個畫家，所以他寫詩常常用畫畫的手法，把握住像「畫」那樣鮮明具體清晰生動的情景，把它用少少幾句詩刻畫下來，所以他在詩裏所表現的意象，就像畫面那樣的具體鮮明，色彩也像畫面那樣的明麗生動。我們讀王維的作品，就有這種「如畫」的感覺，所以蘇東坡讚美王維說：「味摩詰之詩，詩中有畫；觀摩詰之畫，畫中有詩。」像他寫的「明月松間照」一句，就是一幅畫，「清泉石上流」（〈山居秋暝〉）一句，又是一幅畫；「行到水窮處，坐看雲起時」（〈終南別業〉），是一幅有人物有山水的畫；「漠漠水田飛白鷺」（〈積雨輞川莊作〉），更是一幅背景精美的小畫。

至於像「閑花滿巖谷，瀑水映杉松」（〈韋侍郎山居〉），寫遍山滿谷，花兒盛開，飛瀑流水，倒映杉松的景象；「晨鷄鳴鄰里，羣動從所務」（〈丁寓田家有贈〉），寫清晨公鷄啼曉，農家紛紛上田耕作；「斜光照墟落，窮巷牛羊歸」（〈渭川田家〉），寫夕陽西落時分，牧童趕着牛羊回家的晚景，無不像畫。所以從前的一些畫家常常取王維的詩意作畫。譬如他的〈少年行〉：

新豐美酒斗十千，咸陽遊俠多少年。相逢意氣爲君飲，繫馬高樓垂柳邊。

有人就據這四句畫了一幅畫。兩匹高頭駿馬，繫在一株扶疏的彎彎的楊柳蔭下，一匹躺着，放鬆了軀體在休息；一匹站着，轉過頭來，看着路邊畫樓上，牠的主人和客人豪興遄飛地飲酒；

酒樓後面還有兩三聳拔而上的高峯。他把少年人意氣相投，結伴行樂的詩意，畫得十分生動。

現在再舉王維的六言詩〈田園樂〉：

桃紅復含宿雨，柳綠更帶朝煙。花落家童未掃，鶯啼山客猶眠。

又有人將它畫成一幅畫。這幅畫若加上彩色，再添加些想像，就是在一個春天的早晨，在園子裏有幾樹粉紅的桃花盛開，花上還含着昨夜的雨珠，垂柳也冒出一些新綠葉，更飄着一帶輕煙般的白霧，滿園落花，家裏的小廝正拿着掃帚，打算清掃，一隻黃鶯邊飛邊叫，客居山中的人，猶自沉沉貪睡，尚未醒來哩。王維寫景着滿了線條與色彩，簡簡單單的幾句，就勾畫出一幅田園生活樂趣的圖畫來。也許這首詩，就是他晚年隱居輞川山莊時所作的吧，表現他傲睨閒適的心境。

因此，我們不妨說：「寫景能入畫，才是好作品。」像上面這些作品，都是從畫家的觀點去寫的，一句句都像極了美麗的風景畫，當然也有一些文字能夠表現出來的勝境，能夠描寫出來的極美聲態，畫家的彩筆卻往往不能畫了出來。像王維的：

萬壑樹參天，千山響杜鵑；山中一夜雨，樹杪百重泉。（〈送梓州李使君〉）

高柳早鶯啼，長廊春雨響。（〈謁璿上人〉）

聲喧亂石中，色靜青松裏。（〈青溪〉）

細枝風響亂，疏影月光寒。（〈沈十四拾遺，新竹生，讀經處，同諸公之作〉）

隔牖風驚竹，開門雪滿山。（〈冬晚對雪，憶胡居士家〉）

泉聲咽危石，日色冷青松。（〈過香積寺〉）

這一類的詩句，寫的是這樣美妙的有聲的詩景，就未必是每一個畫家的畫筆所能描繪出來的了。有人說這是「有聲畫」。王維詩的好處，不止是「寫景如畫」，如：

空山不見人，但聞人語響。返景入深林，復照青苔上。（〈鹿柴〉）

木末芙蓉花，山中發紅萼。澗戶寂無人，紛紛開且落。（〈辛夷塢〉）

這些五言小詩，寫山中的人聲夕照，花開自落，都洋溢着幽閒清逸的禪味理趣。所以商璠（或作殷璠）讚美王維的詩說：「詞秀調雅，意新理愜，在泉成珠，着壁成繪，一字一句，皆出常境。」（見厲鶚書趙松谷箋注《王右丞全集・序》）

六、李商隱（西元八一二～八五八）

李商隱字義山，自號玉溪生，是晚唐時詩人，著作有《樊南文集》、《玉溪生詩》等，詩今存五百九十多首。河陽節度使令狐楚喜歡他的文章，召入幕中。王茂元出鎭河陽，愛他的才華，把女兒嫁給他，推薦他爲侍御史。當時牛僧孺與李德裕黨爭極烈，令狐楚與子綯屬於牛僧孺黨，王茂元屬於李德裕黨；他兩面不討好，一生不得志，到過桂林、四川，都是做人的幕僚。後來客遊，死於河南滎陽。

李商隱作詩，最初學杜甫，自己總覺得趕不上；後來大概是將作駢文的方法用來寫詩，特別注意藻飾與用典，另成一體。李商隱的駢文，和溫庭筠、段成式齊名。因爲這三個人排行都是第十六，當時人就稱駢文做「三十六體」。相傳他寫詩作駢文的時候，桌上兩邊擺滿了圖書，專找一些奧僻的典故裝進作品裏去，被人稱做「獺祭魚」。黃徹《碧溪詩話》說：「李商隱詩，好積故實，一篇中用事者十七八。」除了少數作品，如〈樂遊原〉詩：「向晚意不適，驅車登古原，夕陽無限好，只是近黃昏。」〈夜雨寄內〉詩：「君問歸期未有期，巴山夜雨漲秋池；何當共剪西窗燭，卻話巴山夜雨時。」含義清晰，意味淡遠外；其他大部分的作品，部用了典故。但由於他用典多深奧冷僻，眞意就難以理解了。王士禎《論詩絕句》說：「獺祭曾驚博學彈，一篇〈錦瑟〉解人難。」

後代許多人喜歡李商隱的詩，是喜歡他用語新巧，詞藻富麗，五彩繽紛，令人目迷。正如張淑香女士在《李義山詩析論》中所說：「翻開義山的詩集，首先映入眼簾的，就是一個雕金琢玉、生香活色的瑰麗世界，無論詠物、寫景、抒情，都是富豔堂皇，纖巧綺麗，使讀者的感官享受，大有應接不暇之概。這片異采是由華麗的藻飾所放射出來的。」他修飾詞藻，的確有他的特別喜愛，就是他喜歡在一個名詞的上面，鍍一些金銀（像金輿、金殿、金籠、金柳、金莖、金風、銀漢、銀河、銀燭），嵌一些珠玉（像珠館、珠箔、珠簾、玉簟、玉輪、玉露、玉匣、玉壺），剪一些錦繡綺羅（像錦緞、錦幃、錦瑟、繡被、繡簾、繡檀、綺羅、綺窗、綺櫳、羅帳、羅裳、羅裙），塗一些香粉彩色（像香車、香羅、香臺、粉黛、紫蝶、紫泥、紫閣、翠襦、翠翹、翠羽、黃鵠、黃昏、黃蜂、碧落、碧雞、碧蘚、綠波、綠筠、紅藥、紅樓、紅露、紅粉、丹巖、白璧、白門、白芽、青苔、蒼壑、頹壤、火雲、雪浪……），再用一些龍、鳳、鴛鴦、鸚鵡、翡翠、蜘蛛、燕子、蛺蝶、杜宇、芙蓉、薔薇、花草樹木、風露雪月……，因此就形成了非常富貴美麗的詞彙了。他大量應用這一類的詞彙，編織成非常纖巧藻麗、色彩絢爛、美妙炫目的詩句，把他所安排的詩的女神妝飾得非常迷人。

敖陶孫評李商隱的詩：「如百寶流蘇，千絲鐵網，綺密瓌妍，要非適用。」但他的詩實在令人覺得美。那些淺現易懂的一些詩句，如「春蠶到死絲方盡，蠟炬成灰淚始乾」（＜無題＞）；「身無綵鳳雙飛翼，心有靈犀一點通」（＜無題＞）；「神女生涯原是夢，小姑居處本無郎」（＜無題＞），多已成爲膾炙人口的名句；只是商隱的詩多用奧僻少見的典故，又多無明確的標題，所以讀來大致是朦朧恍惚，似懂非懂，多不能確切瞭解，因此也不能深入欣賞。讀者只能被他的文字的表面所沉迷，卻不能進一步索解他的眞意，透徹領會；這眞是遺憾的事。

宋朝人楊億、錢惟演、晏殊、劉筠喜歡仿效李商隱的用典寫詩，叫做「西崑體」，也是很難理解的。所以＜元遺山詩＞說：「望帝春心託杜鵑，佳人錦瑟怨華年；詩家總愛西崑好，獨恨無人作鄭箋。」鄭，指漢朝學者鄭玄；鄭玄曾注過易、詩、書、禮、論語、孝經等書。其實，李商隱詩，有釋道源、朱鶴齡（長儒）、姚培謙（平山）、程夢星（午橋）、馮浩等，先後作過箋注，但仍有不少難解的地方。

用典，就是由春秋時代的「賦詩言志」轉化來的，在外交的宴會上，大家朗誦一些舊詩，來代表自己的心意。詩人的用典，卻不只是採用前人的舊章，而是採用前人的故事、神話、傳說……來暗示作者的情思，象徵詩人的情思。這些典故的內容雖然複雜，作者用幾個字一提，但只要讀者知道這個典故的內容，也就很容易理解詩人所象徵的含義。過去的詩人沒有不用典故的，用大家熟悉的典故，人人就都能瞭解，的確有「以簡御繁」的好處。像李商隱的〈無題〉詩：「嫦娥應悔偷靈藥，碧海青天夜夜心」，用流傳中國民間，嫦娥偷吃了西王母給她的丈夫后羿不死的仙藥，離開了丈夫，奔向月宮的神話。大家讀這兩句詩，也就很容易體會出詩意所指了。

要是我們知道詩人寫作背景，寓意所在，就是他用典用事，我們也就不難體會出作者象徵的含義。要是詩人大量採用深奧冷僻的典故，題旨又不標明，像李商隱所作〈錦瑟〉、〈無題〉、〈搖落〉之類，都就很難猜度其意，自然成了含意隱晦難解的詩謎了。

現在選錄李商隱用典的〈錦瑟〉詩，加以分析、探討：

錦瑟無端五十絃，一絃一柱思華年；莊生曉夢迷蝴蝶，望帝春心託杜鵑。滄海月明珠有淚，藍田日暖玉生煙。此情可待成追憶，只是當時已惘然。

像這首詩，我們要是不知道他爲什麼寫的，意旨何在?那就很難解釋它的含義。假使作者能夠在題目後面，作個短序，略加說明，那就容易理解多了。馮浩以爲是抒寫「悼亡」之情。悼亡和錦瑟，有什麼關係？

李商隱在唐文宗開成三年（西元八三八）娶王茂元的女兒做妻子，經過十四年，王氏過世。王氏是一位瑟彈得很動聽的漂亮的女人。李商隱大概在愛妻死後，常常覩物思人。這種傷情，屢見於他的作品中。像〈房中曲〉：「歸來已不見，錦瑟長於人」；又〈牡丹爲雨所敗詩〉也說：「玉盤迸淚傷心數，錦瑟驚絃破夢頻」！都提到了錦瑟與傷情的事。所以馮浩以爲是悼亡的作品，是有道理的。知道了李商隱的〈錦瑟〉詩，是悼念亡妻王氏的作品，那麼開頭兩句的含義，就可以迎「辭」而解了。由：

錦瑟無端五十絃，
一絃一柱思華年。

我們可以想像得到：李商隱手摸着愛妻王氏的遺物——錦瑟，心裏不免引起了許多感觸，一根絃一根絃，輕輕撫弄着，當瑟柱調緊了絲絃，美麗的心曲就奔流了出來，又教他如何不想她！於是他不禁要自問：這錦瑟爲什麼無端端的要五十絃呢？這每一絃每一柱都不免要教我想起從前綺麗的年輕時候，那一段快樂甜蜜的愛情生活！接着他又寫下中間兩聯：

莊生曉夢迷蝴蝶，
望帝春心託杜鵑。
滄海月明珠有淚，

藍田日暖玉生煙。

這四句是用了許多「典故」、「借喻」的文字，來象徵他喪妻後的感受與情思。這是非常複雜的象徵，曲折的象徵，含義是十分曖昧的、隱蔽的。

「莊生曉夢迷蝴蝶」一句，是用《莊子。齊物論》：莊周先生夢變成蝴蝶，在夢境中，翩翩飛舞，非常快樂的故事，來象徵他自己常在曉晨夢境中跟他亡妻相聚，好像一對雙飛的蝴蝶。這種快樂的夢，常常教他沉迷，不願醒來；但醒了來，卻又迷惘空虛萬分。

「望帝春心託杜鵑」一句，是用《成都記》所說：「蜀望帝死了後，靈魂變成了杜鵑鳥，每到暮春，就悲啼不停，寄託他對家人想念的感情的神話，來象徵他懸想中亡妻王氏對他和家人的思情，也該像望帝一樣的，所以每當他聽到杜鵑鳥叫，他就會想到也許這杜鵑鳥就是他的妻子的靈魂所寄託的嗎？「望帝」借喻妻子，「莊生」借喻自己，這是非常清楚明白的。

「滄海月明珠有淚」一句，又是寫自己。他用《唐書。狄仁傑傳》中，閻立本讚美狄仁傑的奇才爲「滄海遺珠」；以及《搜神記》南海鮫人泣珠的傳說；他把這兩個典故聯合起來，象徵他自己的懷才不遇，屈身下僚，猶如沉沒「滄海」的「遺珠」，夜深月明，當不免因感慨不得志，思念他妻子，而悲傷含淚，所以詩說：「滄海月明珠有淚」用「珠」象徵自己。

「藍田日暖玉生煙」一句，又用來寫他的妻子。他用《搜神記》：楊伯雍種石藍田，生出美玉，因此娶了美麗的妻子的故事，以及吳王夫差的小女兒紫玉和韓重相愛，韓重遠行回來，紫玉已經病死，韓重到墓前祭她，見到紫玉靈魂出現，韓重想抱住她，紫玉卻像煙般消失的傳說。他把兩個典故聯合起來，象徵他所娶妻子美麗溫潤，就像藍田美玉，現在春日溫暖，她卻像紫玉化煙，離他而去。所以詩說：「藍田日暖玉生煙。」用「玉」象徵王氏。

最後他說：

此情可待成追憶，

只是當時已惘然。

他的意思，大概是說這種銘心刻骨的愛情，可將成爲一段美麗的回憶，只是每當我想起時，總是那樣頹喪迷惘，已不知怎樣說它才好。

李商隱作詩喜歡採用這些故事、傳說、神話種種典故；我們讀他的詩，就要依據他所用的神話、傳說、故事種種典故，加以合理的聯想和串連；像這樣的讀詩，就像猜謎解謎。蘇雪林教授早年研究李商隱，寫了一本小書，就叫做《玉溪生詩謎》。

用典故象徵的詩，我們若不知詩人作這首詩的主旨所在，以及他所用的象徵事物的含義，就很難瞭解，自然覺得艱澀曖昧。所以我認爲作這類象徵詩，作者應該在詩的前面，最好附一「短序」，將主旨揭示出來，幫助讀者對他詩意的理解。這在中國古代詩人的作品中，不乏前例。如陶淵明作〈榮木〉詩，就說「念將老也」，這實在値得我們效法。還有一點，就是用「典故」作詩，一定要用得貼切，若不貼切，就不能很適當地表達出你所要象徵的意義了，也就不能稱做什麼「象徵詩」了。

七、蘇軾（西元一〇三六～一一〇一）

蘇軾，字子瞻，號東坡居士，是宋代的作家、詩人、書法家。無論詩、詞、散文、駢文、筆記小說、應用文字，無不會寫，寫無不佳。二十一歲，由四川，過陝西，到河南，至汴京；第二年應試，主考官歐陽修極讚其文，拔列第二名，春秋對策第一，遂名聞天下。

蘇軾歷宦陝、杭、密、徐、湖、黃、汝、常、登、潁、揚、定、惠、瓊、儋、廉各州，足跡所經，達萬餘里；歷官通判、團練副使、太守、翰林學士、中書舍人、禮部尙書、侍讀學士、節度副使等職；因爲新舊黨爭，也曾經下獄，幾罹死罪，並屢遭貶謫，放逐南荒，遠到現在的海南島儋縣。

蘇軾爲人瀟灑豪放，言語詼諧風趣，經歷又多，又喜好交遊，朋友也非常多，有高官、仕紳、文士、畫家、名釋、仙眞、諸生、百姓。他自己說：「上可陪玉皇大帝，下可陪田院乞兒。」他又好作詩詞文章字畫，贈人酬和；因此，作品極多。今傳有《東坡全集》一百一十卷，包括《東坡集》、《後集》、《奏議集》、《內制集》、《外制集》附《樂語》、《應詔集》、《續集》，合爲七集。北宋時已有刊本，遠傳到高麗、遼國。宋徽宗崇寧元年（西元一一〇二），新黨得勢，東坡的詩文集曾經遭到燒毁禁止。據《清波雜誌》說，結果是「禁愈嚴而傳愈多」。到了南宋，高宗喜歡東坡文章，又多方蒐求；孝宗更為「御製文集贊序」，說東坡詩文，「跨唐越漢」，大加提倡，於是《東坡七集》就風行了起來。

東坡所作詩數量極多，有二千多首；前人也曾將他的詩另編專集刊行。他的詩，繼承韓愈作風，寫詩如作散文，許多題材，到他筆下，無不揮灑自如。他早年喜歡白居易，揭露民間疾病，想藉諷諭，影響政治與社會；晚年流放南荒，喜歡陶淵明，求自我的曠達。因此，我們讀他的詩，覺得他寫詩如說話，「似淡實美」，「自然有味」。他大概是才思橫溢，觸處生春，學識淵博，揮灑如意，隨筆所至，自成佳構。趙翼推許為李白、杜甫以後的一大名家（見《甌北詩話》）。妙處在自然，雅言俗語，一經其手，就好像神仙點瓦礫變成黃金了。沈德潛批評蘇詩說：「胸有洪爐，金銀鉛錫，皆歸熔鑄。其筆之超曠，等於天馬脫羈，飛仙遊戲，窮極變幻，而適如意中所欲出。韓文公後又開闢一境界也。」（《說詩晬語》）。寫景如：

天欲雪，雲滿湖，樓臺明滅山有無，水清出石魚可數，林深無人鳥相呼。臘日不歸對妻孥，名尋道人實自娛……（〈臘日遊孤山，訪惠勤、惠思二僧〉）

「樓臺明滅山有無」，描寫在濃雲密霧的瀰漫飄渺，空濛氤氳之中，樓臺是一會兒出現，一會兒消滅，山也隱隱約約，似有似無。僅用「明滅」「有無」含義相反的四個字，就將湖上雲霧奇妙變化之景描寫了出來，真是善於使用文字，既簡潔又確當。當然觀察得細微，能把握住景象的特點，也是他的長處。又如：

水光瀲灩晴方好，山色空濛雨亦奇；欲把西湖比西子，淡粧濃抹總相宜。（〈飲湖上初晴後雨〉）

這是描寫浙江杭州西湖的絕句：第一句用「瀲灩」二字，描寫天晴時水光微漾的美；第二句用「空濛」二字，描寫下雨時雨景之奇；第三、第四兩句，用我國春秋時美女西施的故事做比喻，說明西湖不論在怎樣天氣下都是美麗動人的。嚴既澄說：「『西湖』和『西子』，名稱上既有特殊的連繫，而且一個是越地，一個是越人；一個是美絕今古的美人，一個是今古艷稱的勝境。其巧合自不必說，而又以人的『淡妝濃抹』來比擬湖的『雨景晴光』，更可謂『出神入化』了」（見《蘇軾詩導言》）。詠物如：

竹外桃花三兩枝，春江水暖鴨先知；蔞蒿滿地蘆芽短，正是河豚欲上時。（惠崇「春江晚景」）

惠崇是宋初的和尚畫家，尤其畫鵝鴨小動物最爲擅長。這是看了惠崇畫的「春江晚景圖」，而題詩畫上。由這首詩，可以看出他的想像力的豐富，由畫面桃花與鴨子，就能夠聯想到「春江水暖鴨先知」；由煮河豚羹的配菜「蔞蒿滿地蘆芽短」，就能夠聯想到美味的河豚快要上市了。這種豐富的想像力，也是寫作的人所應該具有的。抒情如：

近別不改容，遠別涕霑胸；咫尺不相見，實與千里同。人生無離別，誰知恩愛重。始我來宛邱，牽衣舞兒童；便知有此恨，留我過秋風。秋風亦已過，別恨終無窮！問我何年歸？

我言歲在東。離合既循環，憂喜迭相攻。語此長太息，我生如飛蓬！多憂髮早白，不見六一翁。（〈穎州初別子由〉）

詩主要用於抒發情志。〈詩序〉說：「詩者，志之所之也，在心為志，發言為詩。」陸機說：「詩緣情而綺靡。」（〈文賦〉）所謂情志，就是我們心靈的種種活動，像情思、欲望、意願等。《禮記．禮運篇》：「何謂人情？喜、怒、哀、懼、愛、惡、欲七者，弗學而能。」情志的產生，大都是由於外界的刺激而來，也有自發的。當感深情深時，就會用種種方式，把情緒發洩或表達出來。把情思用語言表達出來，就是抒情詩與抒情文。因此古人說：「情動於中，而形於言」，「動乎其情，而見於其文。」而這種情志的發洩與表達，卻又會給讀者以刺激，使他們共鳴。不過詩人本身對情的感受要深要眞，才能寫出眞情深情的話；這樣讀者讀了，也就隨之喜悅悲泣。

宋神宗熙寧四年（西元一○七一），蘇軾由汴京（河南開封）出為杭州通判，經過陳州（時治宛邱，今河南淮陽縣）；這時，他的弟弟蘇轍（字子由）在陳州做教授，親自送他到了穎州（今安徽阜陽縣），一起去拜訪歐陽修，然後分別。歐陽修自號「六一居士」，這年七月告老，歸隱穎州。詩云：「問我何年歸？我言歲在東。」通判一任三年；在熙寧七年甲寅（西元一○七四）任滿，可以回來。「太歲星在東」，就是指「甲寅年」而言。東坡這首詩抒寫兄弟離別時節的深情與感觸，每一句都是極眞摯言別的家常話，故親切感人。敍事兼議論如：

與可畫竹時，見竹不見人。豈獨不見人？嗒然遺其身。其身與竹化，無窮出清新。莊周世無有，誰知此疑神。（〈書晁補之所藏與可畫竹〉）

晁補之與黃庭堅、秦觀、張耒，都是蘇軾門下弟子。文同字與可（西元一〇一九——一〇七五），是當時的畫家，以畫竹與山水有名。蘇軾這首詩完全是取意《莊子・達生篇》所記魯國大匠梓慶雕削木頭，製造鐘架（鐻），造得非常好，大家驚猶鬼神的故事。敍述文與可畫竹的專心，心中見的只有竹，甚至忘記了自我，化成了竹，才能夠畫出許多清新的畫；這就是莊周所說：人所疑世上沒有，驚為鬼神的作品。結語：誰知道這也就是人疑為鬼神製作的道理。由此可以知道蘇軾是很會採取前人的意念，構成自己的作品內容。莊子梓慶製鐘架的故事，是用散文寫成的；蘇東坡用詩寫它，一氣寫來，卻也很像一篇短小的散文，所以前人說他「以散文為詩」，也很有道理。說理如：

人生到處知何似？應似飛鴻踏雪泥；泥上偶然留鴻爪，鴻飛那復計東西？（〈和子由澠池懷舊〉）

這簡簡單單的四句，一句問語，三句答語，就把人生到處飄零的感想寫了出來。

蘇軾的詩非常多，無論抒情、寫景、說理、敍事，都能用簡練深刻，富有美感的妙句，將他心靈中的形象與境界陳列了出來，教讀者自己品賞陶醉。

八、徐志摩（西元一八九六～一九三一）

徐志摩，原名章垿，浙江海寧人，北京大學畢業，因慕英國哲學家羅素（Berterand Russell, 1872-1970）的思想，前往英國，入康橋大學王家學院，得碩士學位。民國十一年（西元一九二二）回國，歷任北京大學、清華大學、上海光華大學、大夏大學、南京中央大學教授。十七年在上海，和胡適之、梁實秋創辦《新月雜誌》倡導自由主義文藝。他的思想深受羅素及印度詩聖泰戈爾（Rabindranath Tagore, 1861-1941）的影響，謳歌人生愛、自然愛。二十年（西元一九三一）八月應胡適之邀請，前往北大任教，由上海搭機北上，途經山東黨家莊，不幸觸山，遇難死亡，年僅三十六。

徐志摩的著作甚富，散文集有《落葉》、《自剖》、《巴黎鱗爪》、《秋》、《北戴河海濱的幻想》、《天目山中筆記》，小說有《輪盤》、《春痕》，戲劇有《卡昆岡》，書札有《愛眉小札》，詩集有《志摩的詩》、《翡冷翠的一夜》、《猛虎集》等。他融和歐美的詩律與我國詩的特色，寫作新詩，注意形式與格律，多抒熱烈奔放的感情，而充分運用俗語，民謠複疊的形式，詞采絢爛，含意曲折，靈活可愛。

徐志摩在民國十年（西元一九二一）在英國康橋大學王家學院就讀。康橋（Cambridge），今人多譯作「劍橋」，在英國倫敦東北四十五公里，有一條康河（Cam River）。康河河身曲折，風景秀麗，上游是有名的拜倫潭。康橋大學王家學院就在康河岸邊，為英國宗教學術的中心。徐志摩對康橋充滿了熱愛，作有散文〈我所知道的康橋〉，長詩〈再會吧，康橋〉以及〈再別康橋〉。現在就選錄〈再別康橋〉如下：

輕輕的我走了，
正如我輕輕的來；
我輕輕的招手，
作別西天的雲彩。

那河畔的金柳，
是夕陽中的新娘；
波光裏的艷影，
在我的心頭蕩漾。

軟泥上的青荇，
油油的在水底招搖；
在康河的柔波裏，

我甘心做一條水草!

那榆蔭下的一潭,
不是清泉,是天上的虹,
揉碎在浮藻間,
沉澱着彩虹似的夢。

尋夢?撐一支長篙,
向青草更青處漫溯,
滿載一船星輝,
在星輝斑斕裏放歌。

但我不能放歌,
悄悄是別離的笙簫;
夏蟲也爲我沉默,
沉默是今晚的康橋。

悄悄的我走了，
　正如我悄悄的來；
我揮一揮衣袖，
　不帶走一片雲彩。

在形式上，這首詩分節分行來寫，和我國的舊詩完全不同了。全詩分做七節，每節四行，排列成一行高、一行低的形式，很整齊也很美。押韻方式，他採取四句兩韻，每節換韻，只有第七節和第一節採用重覆的韻字「來」、「彩」兩字，不但韻字重覆，其他文字也差不多重覆，只略加更改，這大概是在反應第一節的情意吧，所以在文字與押韻都有意作成回響，給人留下無限的餘情。徐志摩也講究朗誦時的節奏美；這裏每句詩大致採用三個音節（小停頓）來寫。我們朗誦這首詩的時節，也應該注意這一點；所以全詩讀來充滿了音樂美的節奏，非常和諧，

在寫作技巧上，也有他的特色，他起頭就說：

「我輕輕的招手，作別西天的雲彩」，表示他對這裏一切都太熟悉了，時常在這裏看朝日東出，看夕陽西下，和雲霞時時晤對、相見，所以現在要離開這裏，要和它告別，有如和一個老朋友一樣招手作別，也可以說他簡直把雲彩當做一位老朋友了。這種「擬人」的寫法，實在親切。

第二節，他用「金」字形容「柳」色的明豔，把垂柳在夕照下的美豔，一個字就寫了出來。這種用法，很像李商隱，和宋朝的詞人。又用「新娘」來譬喻「金柳」的美，在他心中的感覺。

而這樣美的柳影，映在康河的波光裏，更加豔麗，而蕩人心波；所以他說「波光裏的豔影，在我的心頭蕩漾」，把柳影的豔美，描寫得無以復加。這第二節中的四句層次，是前三句寫景，後一句寫看了美景之後心理的反應，也就是心境。現在作家也常常採用這種作法，就是一邊寫景，一邊就將心境——看了此景所產生的情思，同時描寫了出來，造成情景交流的境界。我給這種作法起個名稱，叫做「即景生情」。

第三節，「泥土」有種種特性：爛、臭、污、髒、軟；徐志摩獨用「軟」字來形容「泥」，所以能給人一種柔軟舒適的感覺。青荇在柔軟的泥土上，隨着輕柔的水波，輕輕搖來搖去，想想你就會覺得非常舒服，而「甘心做康河裏的一條水草」了！可見徐志摩實在很會安排美感。像這樣平凡的景物，在他筆下卻變得這樣動人了。他在這節裏仍然採用了「即景生情」的寫法；先寫水草在水底招搖的景，後寫他內心的想法。

第四節，榆樹是一種很高的樹，葉很密，在三四月間開淡綠帶紫色的細花，果實扁圓，串串如錢。孔平仲詩：「春盡榆錢堆狹路。」在中國人的心目中，是一種很美的樹。「那榆蔭下的一潭」，大概指的是「拜倫潭」吧。拜倫是英國有名的詩人。徐志摩說：在這榆蔭下的一潭裝的，不是清澈的泉水，是天上美麗的彩虹，揉碎在這浮藻間。由這個譬喻，你可以想像到夕陽透過又高又密的榆蔭，輝映潭面，色彩的美艷。但徐志摩卻進一步說：在這樣美的潭裏，沉澱着我過去像彩虹似的美夢。這是說他過去在這裏有過許多美麗的生活與夢想。他在「我所知道的康橋」裏說：「划去橋邊躺着念你的書，或做你的夢」。「彩虹」、「揉碎」四字，用得極好。

第五節，要尋找我夢境中的痕跡，可以撐一支長篙去找。徐志摩說：康河中的船，有普通雙槳的划船，有輕快的薄皮舟，還有長形的撐篙船。這種船有二丈長，三尺寬；你站在船上，用長竹篙子撐着走的。徐志摩在康河，時常撐這種船。那裏的許多人，或在黃昏，或在月夜，望上流僻靜處慢慢撐去，享受那種野趣，或在青青草緜緜處尋夢（見〈我所知道的康橋〉）。「尋夢？撐一支長篙，向青草更青處漫溯」寫的就是這種情景。到了晚上，星光燦爛，映照水上，景色的美，可以想見。他用「滿載一船星輝」來描寫這種境界。「在星輝斑斕裏」，他想「像過去一樣的放聲高歌」，這節寫現在的撐船尋夢，也寫了回憶中的生活。把過去與現在的生活寫得恍恍惚惚，猶如夢境。他的文字眞是妙極了。

第六節，文字一轉，轉入詩的主題：「告別康橋」；所以說：今天我不能再放聲高歌了。因爲離別在卽，心中滿盛了深濃憂傷的別緒，使我無心放聲唱歌。由此，我們也可以體會出他當時別緒纏綿心胸的情境。因此，他說：「悄悄是別離的笙簫。」笙簫，借稱別離時所奏的音樂。現在夏蟲也爲我將要離開這裏而無歡沉默。所以「沉默是今晚的康橋」，寫出他深濃的別緒。「夏蟲也爲我沉默」，用的是「擬人」的寫法；「沉默是今晚的康橋」，把周遭萬物寫得多情極了，大家都因他要離開了，而惆悵寡歡，而沉默不語。我把這種寫法，叫做「因情生景」；作者的情思，就借這種寫法，映現在他所描寫的物境中。

第七節，他說「我揮一揮衣袖，不帶走一片雲彩」，這是一種多麼神奇的說法。也可見徐志摩對康橋愛的深摯，所以不願帶走這裏美麗的雲彩。這最後四句和第一節的開頭四句，形成反複重疊，也增加這詩的韻味的美。

現在，我用胡適之先生〈追悼志摩〉時，說的一句話：「徐志摩走了，我們這個世界裏被帶走不少的雲彩。他在我這些朋友之中，眞是一片最可愛的雲彩。」作爲介紹徐志摩這首詩的結束。徐志摩自己雖說「不帶走一片雲彩」，其實徐志摩已經從英詩裏帶回許多片雲彩，來裝飾他的作品，無論格律、技巧，都吸收了人家的長處；所以徐志摩能夠讓我們看到塗抹在康橋的天邊雲彩的可愛。他留給我們的詩，大體都像雲彩一樣的可愛，令人百讀不厭。

結論

由研究這八位詩人的作品，使我瞭解一點，就是作品風格的形成與轉變，都跟作者的生活遭遇，心境性格，所處時代，個人才藝等等，有密切的關連。像曹植詩，由造語綺麗轉變成眞樸委婉，就是由於他的境遇轉變所造成的。陶淵明詩的自然閒適，恬澹有味，就是由於他愛好自然，淡漠名利，心境悠閒，生活達觀所造成的。李白詩的豪放飄逸，實在是因爲他性格豪邁，生活狂放來的。杜甫詩的沉鬱、橫逸、綺麗、精鍊、淺俗、有味，是因他讀書多，遊歷廣，時代亂，感受深來的。王維詩秀雅清逸，寫景如畫，跟他深研禪理，喜好畫畫有關。李商隱詩的瑰麗隱藏，跟他善作駢文的修養有關。蘇軾詩的超曠卓絕，揮灑如意，淡而實美，自然有味，跟他才思橫溢，學識淵博，寫詩如寫散文，喜歡陶潛與白居易有關係。徐志摩詩的詞采絢爛，注意格律，清新靈活，跟他留學英國，受西方詩歌的影響有關係：所以我們研究作品，還要研究與作家有關的種種問題。當然他們的風格不同，他們的詩也就呈現着不同的意味與特色。

我們若是由他們的作品的本身來研究，就會發現他們寫作的技巧，有其共通的地方，也有各具其特色的地方；這各具特色的寫作技巧，也是造成他們不同的風格的直接因素。像曹植後期作品，善用譬喻寄託，用語比較含蓄，就形成溫柔敦厚，委婉素樸的風格。陶淵明用語明白，所以自然，如從胸際流出；而且語多涵哲思，所以雖平淡而有味。李白詩氣勢豪放，情調飄逸，都是得自天性，但他喜歡用誇飾的文字，俊逸的詞句，也助長了他豪逸的境界。杜甫用心作詩，態度認眞，運用各種寫作技巧，但求出語驚人，求結構縝密，無論寫什麼都力求其好，而且取材範圍，非常廣泛，因此就形成他能夠渾涵萬有、千奇百怪、汪洋大海一般的風格。王維喜歡把握具體美麗的畫景入詩，因此能夠「寫景如畫」，詩中含有極美的畫意。李商隱偏愛用富麗多彩的詞彙，造成瑰麗炫目的詩句，又好串連各種深奧冷僻的典故，成就了他特別的詩體，可惜也因此減低讀者深入研讀的興趣。蘇軾雖然寫詩如作文，但也講究修詞的清麗，想像的豐富，還要寫得像行雲流水一般的自然，自成有宋一代的名家。徐志摩不但採擷我國詩的舊技巧，還帶進了西洋詩的新格律方法，所以讀他的詩，處處呈現着晶瑩的珠子，熱情的火花，非常可愛動人。這些名詩人，無不各有他們特有的一套寫作的方法與技巧。

我們寫詩的人，若想有我個人的風格，不但要從我們的心靈境界加以充實，還要注意寫作技巧的錘鍊，這樣自能形成個人獨特的風格，而在詩的園苑中發出奇采異香，而使讀者神往心醉了。

（民國七十年十二月《文學思潮》第十期）

方祖燊著作出版年表

一九五一～一九六二　《古今文選》精裝本四集，與齊鐵恨等四人合編，國語日報社出版。
一九五七　《怎樣作文》中南書局出版。
一九六一　《國音常用字典》與那宗訓等五人合編，復興書局出版。
一九六二～一九六九　《古今文選續編》精裝本二集，方祖燊、鍾露昇主編，國語日報社出版。
一九六七　《漢詩研究》，正中書局出版。
一九七〇　《散文結構》，與邱燮友合著，蘭臺書局初版，後改由福記文化圖書公司出版。
一九七一　《成語典》，與繆天華等六人合編，復興書局出版。
一九七一　《陶潛詩箋註校證論評》，蘭臺書局出版。
一九七二　〈六十年來之國語運動簡史〉，收於《六十年來之國學》(二)中，正中書局出版。
一九七三　《魏晉時代詩人與詩歌》，蘭臺書局出版。
一九七八　《陶淵明》河洛出版社出版。一九八二　改由國家出版社出版。
一九七八　《中國文學家故事》，與邱燮友、李鍌合著，中央文物供應社出版。
一九七九　《春雨中的鳥聲》，(散文集)益智書局出版。

一九七九　《中國少年》，幼獅文化事業公司出版。

一九八〇　《三湘漁父——宋教仁傳》，近代中國出版社出版。

一九八一　〈中國文化的內涵〉，與黃麗貞、李鍌合著，收在《中華民國文化發展史》中，近代中國出版社出版。

一九八二　國立臺灣師範大學四十暨四一級級友畢業卅年紀念專刊，方祖燊主編，紀念專刊委員會出版。

一九八三　《散文的創作鑑賞與批評》，中央文物供應社出版。

一九八六　《大辭典》，與邱燮友、黃麗貞等數十人合纂，三民書局出版。

一九八六　《說夢》與黃麗貞合著，（散文集）文豪出版社出版。

一九八六　《幸福的女人》（短篇小說集），與黃麗貞合著，文豪出版社出版。

一九八八　《陶潛詩箋註校證論評增訂本》，臺灣書局出版。

一九八九　《中國寓言》㈡，與黃廼毓合著，國立編譯館主編。

一九八九　《談詩錄》，東大圖書公司出版。

一九八九　《詩》，世界華文教育協進會主編，正中書局出版。

滄海叢刊已刊行書目(八)

書名	作者	類別
文學欣賞的靈魂	劉述先	西洋文學
西洋兒童文學史	葉詠琍	西洋文學
現代藝術哲學	孫旗譯	藝術
音樂人生	黃友棣	音樂
音樂與我	趙琴	音樂
音樂伴我遊	趙琴	音樂
爐邊閒話	李抱忱	音樂
琴臺碎語	黃友棣	音樂
音樂隨筆	趙琴	音樂
樂林蓽露	黃友棣	音樂
樂谷鳴泉	黃友棣	音樂
樂韻飄香	黃友棣	音樂
樂圃長春	黃友棣	音樂
色彩基礎	何耀宗	美術
水彩技巧與創作	劉其偉	美術
繪畫隨筆	陳景容	美術
素描的技法	陳景容	美術
人體工學與安全	劉其偉	美術
立體造形基本設計	張長傑	美術
工藝材料	李鈞棫	美術
石膏工藝	李鈞棫	美術
裝飾工藝	張長傑	美術
都市計劃概論	王紀鯤	建築
建築設計方法	陳政雄	建築
建築基本畫	陳榮美 楊麗黛	建築
建築鋼屋架結構設計	王萬雄	建築
中國的建築藝術	張紹載	建築
室內環境設計	李琬琬	建築
現代工藝概論	張長傑	雕刻
藤竹工	張長傑	雕刻
戲劇藝術之發展及其原理	趙如琳譯	戲劇
戲劇編寫法	方寸	戲劇
時代的經驗	汪琪 彭家發	新聞
大衆傳播的挑戰	石永貴	新聞
書法與心理	高尚仁	心理

滄海叢刊已刊行書目 (七)

書名	作者	類別
印度文學歷代名著選(上)(下)	糜文開編譯	文學
寒山子研究	陳慧劍	文學
魯迅這個人	劉心皇	文學
孟學的現代意義	王支洪	文學
比較詩學	葉維廉	比較文學
結構主義與中國文學	周英雄	比較文學
主題學研究論文集	陳鵬翔主編	比較文學
中國小說比較研究	侯健	比較文學
現象學與文學批評	鄭樹森編	比較文學
記號詩學	古添洪	比較文學
中美文學因緣	鄭樹森編	比較文學
文學因緣	鄭樹森	比較文學
比較文學理論與實踐	張漢良	比較文學
韓非子析論	謝雲飛	中國文學
陶淵明評論	李辰冬	中國文學
中國文學論叢	錢穆	中國文學
文學新論	李辰冬	中國文學
離騷九歌九章淺釋	繆天華	中國文學
苕華詞與人間詞話述評	王宗樂	中國文學
杜甫作品繫年	李辰冬	中國文學
元曲六大家	應裕康 王忠林	中國文學
詩經研讀指導	裴普賢	中國文學
迦陵談詩二集	葉嘉瑩	中國文學
莊子及其文學	黃錦鋐	中國文學
歐陽修詩本義研究	裴普賢	中國文學
清真詞研究	王支洪	中國文學
宋儒風範	董金裕	中國文學
紅樓夢的文學價值	羅盤	中國文學
四說論叢	羅盤	中國文學
中國文學鑑賞舉隅	黃慶萱 許家鸞	中國文學
牛李黨爭與唐代文學	傅錫壬	中國文學
增訂江皋集	吳俊升	中國文學
浮士德研究	李辰冬譯	西洋文學
蘇忍尼辛選集	劉安雲譯	西洋文學

滄海叢刊已刊行書目㈥

書名	作者	類別
卡薩爾斯之琴	葉石濤	文學
青囊夜燈	許振江	文學
我永遠年輕	唐文標	文學
分析文學	陳啓佑	文學
思想起	陌上塵	文學
心酸記	李喬	文學
離訣	林蒼鬱	文學
孤獨園	林蒼鬱	文學
托塔少年	林文欽編	文學
北美情逅	卜貴美	文學
女兵自傳	謝冰瑩	文學
抗戰日記	謝冰瑩	文學
我在日本	謝冰瑩	文學
給青年朋友的信(上)(下)	謝冰瑩	文學
冰瑩書柬	謝冰瑩	文學
孤寂中的廻響	洛夫	文學
火天使	趙衛民	文學
無塵的鏡子	張默	文學
大漢心聲	張起鈞	文學
回首叫雲飛起	羊令野	文學
康莊有待	向陽	文學
情愛與文學	周伯乃	文學
湍流偶拾	繆天華	文學
文學之旅	蕭傳文	文學
鼓瑟集	幼柏	文學
種子落地	葉海煙	文學
文學邊緣	周玉山	文學
大陸文藝新探	周玉山	文學
累廬聲氣集	姜超嶽	文學
實用文纂	姜超嶽	文學
林下生涯	姜超嶽	文學
材與不材之間	王邦雄	文學
人生小語㈠㈡	何秀煌	文學
兒童文學	葉詠琍	文學

滄海叢刊已刊行書目(五)

書名	作者	類別
中西文學關係研究	王潤華	文學
文開隨筆	糜文開	文學
知識之劍	陳鼎環	文學
野草詞	韋瀚章	文學
李韶歌詞集	李韶	文學
石頭的研究	戴天	文學
留不住的航渡	葉維廉	文學
三十年詩	葉維廉	文學
現代散文欣賞	鄭明娳	文學
現代文學評論	亞菁	文學
三十年代作家論	姜穆	文學
當代臺灣作家論	何欣	文學
藍天白雲集	梁容若	文學
見賢集	鄭彥棻	文學
思齊集	鄭彥棻	文學
寫作是藝術	張秀亞	文學
孟武自選文集	薩孟武	文學
小說創作論	羅盤	文學
細讀現代小說	張素貞	文學
往日旋律	幼柏	文學
城市筆記	巴斯	文學
歐羅巴的蘆笛	葉維廉	文學
一個中國的海	葉維廉	文學
山外有山	李英豪	文學
現實的探索	陳銘磻編	文學
金排附	鍾延豪	文學
放鷹	吳錦發	文學
黃巢殺人八百萬	宋澤萊	文學
燈下燈	蕭蕭	文學
陽關千唱	陳煌	文學
種籽	向陽	文學
泥土的香味	彭瑞金	文學
無緣廟	陳艷秋	文學
鄉事	林清玄	文學
余忠雄的春天	鍾鐵民	文學
吳煦斌小說集	吳煦斌	文學

滄海叢刊已刊行書目㈣

書名	作者	類別
歷史圈外	朱桂	歷史
中國人的故事	夏雨人	歷史
老臺灣	陳冠學	歷史
古史地理論叢	錢穆	歷史
秦漢史	錢穆	歷史
秦漢史論稿	刑義田	歷史
我這半生	毛振翔	歷史
三生有幸	吳相湘	傳記
弘一大師傳	陳慧劍	傳記
蘇曼殊大師新傳	劉心皇	傳記
當代佛門人物	陳慧劍	傳記
孤兒心影錄	張國柱	傳記
精忠岳飛傳	李安	傳記
八十憶雙親 師友雜憶 合刊	錢穆	傳記
困勉強狷八十年	陶百川	傳記
中國歷史精神	錢穆	史學
國史新論	錢穆	史學
與西方史家論中國史學	杜維運	史學
清代史學與史家	杜維運	史學
中國文字學	潘重規	語言
中國聲韻學	潘重規 陳紹棠	語言
文學與音律	謝雲飛	語言
還鄉夢的幻滅	賴景瑚	文學
葫蘆・再見	鄭明娳	文學
大地之歌	大地詩社	文學
青春	葉蟬貞	文學
比較文學的墾拓在臺灣	古添洪 陳慧樺 主編	文學
從比較神話到文學	古添洪 陳慧樺	文學
解構批評論集	廖炳惠	文學
牧場的情思	張媛媛	文學
萍踪憶語	賴景瑚	文學
讀書與生活	琦君	文學

滄海叢刊已刊行書目（三）

書名	作者	類別
不疑不懼	王洪鈞	教育
文化與教育	錢穆	教育
教育叢談	上官業佑	教育
印度文化十八篇	糜文開	社會
中華文化十二講	錢穆	社會
清代科舉	劉兆璸	社會
世界局勢與中國文化	錢穆	社會
國家論	薩孟武譯	社會
紅樓夢與中國舊家庭	薩孟武	社會
社會學與中國研究	蔡文輝	社會
我國社會的變遷與發展	朱岑樓主編	社會
開放的多元社會	楊國樞	社會
社會、文化和知識份子	葉啓政	社會
臺灣與美國社會問題	蔡文輝 蕭新煌 主編	社會
日本社會的結構	福武直 著 王世雄 譯	社會
三十年來我國人文及社會科學之回顧與展望		社會
財經文存	王作榮	經濟
財經時論	楊道淮	經濟
中國歷代政治得失	錢穆	政治
周禮的政治思想	周世輔 周文湘	政治
儒家政論衍義	薩孟武	政治
先秦政治思想史	梁啓超原著 賈馥茗標點	政治
當代中國與民主	周陽山	政治
中國現代軍事史	劉馥著 梅寅生譯	軍事
憲法論集	林紀東	法律
憲法論叢	鄭彥棻	法律
師友風義	鄭彥棻	歷史
黃帝	錢穆	歷史
歷史與人物	吳相湘	歷史
歷史與文化論叢	錢穆	歷史

滄海叢刊已刊行書目(二)

書名	作者	類別
語言哲學	劉福增	哲學
邏輯與設基法	劉福增	哲學
知識・邏輯・科學哲學	林正弘	哲學
中國管理哲學	曾仕强	哲學
老子的哲學	王邦雄	中國哲學
孔學漫談	余家菊	中國哲學
中庸誠的哲學	吳怡	中國哲學
哲學演講錄	吳怡	中國哲學
墨家的哲學方法	鐘友聯	中國哲學
韓非子的哲學	王邦雄	中國哲學
墨家哲學	蔡仁厚	中國哲學
知識、理性與生命	孫寶琛	中國哲學
逍遥的莊子	吳怡	中國哲學
中國哲學的生命和方法	吳怡	中國哲學
儒家與現代中國	韋政通	中國哲學
希臘哲學趣談	鄔昆如	西洋哲學
中世哲學趣談	鄔昆如	西洋哲學
近代哲學趣談	鄔昆如	西洋哲學
現代哲學趣談	鄔昆如	西洋哲學
現代哲學述評(一)	傅佩榮譯	西洋哲學
懷海德哲學	楊士毅	西洋哲學
思想的貧困	韋政通	思想
不以規矩不能成方圓	劉君燦	思想
佛學研究	周中一	佛學
佛學論著	周中一	佛學
現代佛學原理	鄭金德	佛學
禪話	周中一	佛學
天人之際	李杏邨	佛學
公案禪語	吳怡	佛學
佛教思想新論	楊惠南	佛學
禪學講話	芝峯法師譯	佛學
圓滿生命的實現(布施波羅蜜)	陳柏達	佛學
絶對與圓融	霍韜晦	佛學
佛學研究指南	關世謙譯	佛學
當代學人談佛教	楊惠南編	佛學

滄海叢刊已刊行書目(一)

書名	作者	類別
國父道德言論類輯	陳立夫	國父遺教
中國學術思想史論叢(一)(二)(三)(四)(五)(六)(七)(八)	錢穆	國學
現代中國學術論衡	錢穆	國學
兩漢經學今古文平議	錢穆	國學
朱子學提綱	錢穆	國學
先秦諸子繫年	錢穆	國學
先秦諸子論叢	唐端正	國學
先秦諸子論叢(續篇)	唐端正	國學
儒學傳統與文化創新	黃俊傑	國學
宋代理學三書隨劄	錢穆	國學
莊子纂箋	錢穆	國學
湖上閒思錄	錢穆	哲學
人生十論	錢穆	哲學
晚學盲言	錢穆	哲學
中國百位哲學家	黎建球	哲學
西洋百位哲學家	鄔昆如	哲學
現代存在思想家	項退結	哲學
比較哲學與文化(一)(二)	吳森	哲學
文化哲學講錄(一)(二)(三)(四)	鄔昆如	哲學
哲學淺論	張康譯	哲學
哲學十大問題	鄔昆如	哲學
哲學智慧的尋求	何秀煌	哲學
哲學的智慧與歷史的聰明	何秀煌	哲學
內心悅樂之源泉	吳經熊	哲學
從西方哲學到禪佛教 —「哲學與宗教」一集—	傅偉勳	哲學
批判的繼承與創造的發展 —「哲學與宗教」二集—	傅偉勳	哲學
愛的哲學	蘇昌美	哲學
是與非	張身華譯	哲學